U0056992

こんどうともこ 著／王愿琦 中文翻譯

元氣日語編輯小組 總策劃

新日檢
N4
聽解

30天速成！ 新版

これ一冊あれば
「聴解」なんて怖くない！

　日本語能力試験に合格するために、がんばっていることと思います。ある人は学校の特別対策講義を受けたり、ある人は大量の試験対策問題を買い込んだり、ある人は教材は買ったものの何をどう勉強していいかわからず、ただ神様にお願いしているだけかもしれません。

　じつは、日本語能力試験はある傾向をつかめば、問題を解くコツがつかめます。それが書かれた優れた教材もいくつか出版されています。ただ、それらを如何に上手に見つけるかは、学習者の能力と運にもよるのですが……。とはいっても、それは「言語知識（文字・語彙・文法）」と「読解」においていえることです。残念なことに、「聴解」に打ち勝つコツというのは、今のところほとんど見たことがありません。

　そこで生まれたのが本書です。画期的ともいえる本書には、学習者が苦手とする間違いやすい発音や、文法などの基本的な聞き取り練習が豊富に取り入れられています。また、問題パターンについての解説もあります。流れに沿って問題を解いていくうちに、試験の傾向が自然と身につく仕組みになっているのです。さらに、頻度の高い単語や文型が種類別に列挙してあるので、覚えておくと役に立ちます。自信がついたら、後ろにある模擬試験で実力をチェックしてみましょう。自分の弱点が分かれば、あとはそれを克服するのみです。

　最後に、本書を手にとってくださった学習者のみなさまが、「聴解」への恐怖心をなくし、さらなる一歩を踏み出してくだされば幸いです。合格を心よりお祈り申し上げます。

こんどうともこ

有了這一本書，
「聽解」就不怕了！

　　相信您正為了要考過日本語能力測驗而努力著。或許有些人正讀著學校特別對應考試的講義，或許有些人買了很多對應考試的問題集，也或許有些人講義買是買了，但不知道如何去讀，只能祈求上蒼保佑。

　　其實日本語能力測驗，只要能夠掌握考題走向，便能掌握解題的要訣。而這樣出色的教材，也有好幾本已經出版了。只不過，要如何有效地找到這些教材，還得靠學習者的能力和運氣。話雖如此，這些好教材可以說也僅限於「言語知識（文字・語彙・文法）」和「讀解」而已。很遺憾的，有關要戰勝「聽解」要訣的書，目前幾乎一本都沒有。

　　於是，這本書醞釀而生了。也可稱之為劃時代創舉的本書，富含了學習者最棘手、容易出錯的發音或是文法等基本聽力練習。此外，就問題題型也做了解說。整本書的結構，是在按部就班解題的同時，也能自然而然了解考試的走向。再者，由於本書也分門別類列舉了出現頻率高的單字和句型，所以有助於記憶。而一旦建立了自信，請試著用附錄的擬真試題確認實力吧！若能知道自己的弱點，之後就是克服那些而已。

　　最後，如果手持本書的各位學習者，能夠因此不再害怕「聽解」，甚至讓聽力更上一層樓的話，將是我最欣慰的事。在此衷心祝福大家高分過關。

近藤知子

（元氣日語編輯小組　譯）

戰勝新日檢
掌握日語關鍵能力

元氣日語編輯小組

　　日本語能力測驗（日本語能力試験）是由「日本國際教育支援協會」及「日本國際交流基金會」，在日本及世界各地為日語學習者測試其日語能力的測驗。自1984年開辦，迄今超過30年，每年報考人數節節升高，是世界上規模最大、也最具公信力的日語考試。

✱ 新日檢是什麼？

　　近年來，除了一般學習日語的學生之外，更有許多社會人士，為了在日本生活、就業、工作晉升等各種不同理由，參加日本語能力測驗。同時，日本語能力測驗實行30多年來，語言教育學、測驗理論等的變遷，漸有改革提案及建言。在許多專家的縝密研擬之下，自2010年起實施新制日本語能力測驗（以下簡稱新日檢），滿足各層面的日語檢定需求。

　　除了日語相關知識之外，新日檢更重視「活用日語」的能力，因此特別在題目中加重溝通能力的測驗。目前執行的新日檢為5級制（N1、N2、N3、N4、N5），新制的「N」除了代表「日語（Nihongo）」，也代表「新（New）」。

✳ 新日檢N4的考試科目有什麼？

新日檢N4的考試科目，分為「言語知識（文字‧語彙）」、「言語知識（文法）‧讀解」與「聽解」三科考試，計分則為「言語知識（文字‧語彙‧文法）‧讀解」120分，「聽解」60分，總分180分，並設立各科基本分數標準，也就是總分須通過合格分數（=通過標準）之外，各科也須達到一定成績（=通過門檻），如果總分達到合格分數，但有一科成績未達到通過門檻，亦不算是合格。總分通過標準及各分科成績通過門檻請見下表。

N4總分通過標準及各分科成績通過門檻			
總分通過標準	得分範圍	0~180	
	通過標準	90	
分科成績通過門檻	言語知識（文字‧語彙‧文法）‧讀解	得分範圍	0~120
		通過門檻	38
	聽解	得分範圍	0~60
		通過門檻	19

從上表得知，考生必須總分超過90分，同時「言語知識（文字‧語彙‧文法）‧讀解」不得低於38分、「聽解」不得低於19分，方能取得N4合格證書。

另外，根據新發表的內容，新日檢N4合格的目標，是希望考生能完全理解基礎日語。

新日檢N4程度標準		
新日檢N4	閱讀（讀解）	‧能閱讀以基礎語彙或漢字書寫的文章（文章內容則與個人日常生活相關）。
	聽力（聽解）	‧日常生活狀況若以稍慢的速度對話，大致上都能理解。

✳ 新日檢N4的考題有什麼（新舊比較）？

　　從2020年度第2回（12月）測驗起，新日檢N4測驗時間及試題題數基準進行部分變更，考試內容整理如下表所示：

考試科目			題型		題數		考試時間	
			大題	內容	舊制	新制	舊制	新制
（文字‧語彙）言語知識	文字‧語彙	1	漢字讀音	選擇漢字的讀音	9	7	30分鐘	25分鐘
		2	表記	選擇適當的漢字	6	5		
		3	文脈規定	根據句子選擇正確的單字意思	10	8		
		4	近義詞	選擇與題目意思最接近的單字	5	4		
		5	用法	選擇題目在句子中正確的用法	5	4		
言語知識（文法）‧讀解	文法	1	文法1（判斷文法形式）	選擇正確句型	15	13	60分鐘	55分鐘
		2	文法2（組合文句）	句子重組（排序）	5	4		
		3	文章文法	文章中的填空（克漏字），根據文脈，選出適當的語彙或句型	5	4		
	讀解	4	內容理解（短文）	閱讀題目（包含學習、生活、工作等各式話題，約100～200字的文章），測驗是否理解其內容	4	3		
		5	內容理解（中文）	閱讀題目（日常話題、狀況等題材，約450字的文章），測驗是否理解其內容	4	3		
		6	資訊檢索	閱讀題目（介紹、通知等，約400字），測驗是否能找出必要的資訊	2	2		

考試科目	題型			題數		考試時間	
	大題	內容		舊制	新制	舊制	新制
聽解	1	課題理解	聽取具體的資訊，選擇適當的答案，測驗是否理解接下來該做的動作	8	8	35分鐘	35分鐘
	2	重點理解	先提示問題，再聽取內容並選擇正確的答案，測驗是否能掌握對話的重點	7	7		
	3	說話表現	邊看圖邊聽說明，選擇適當的話語	5	5		
	4	即時應答	聽取單方提問或會話，選擇適當的回答	8	8		

其他關於新日檢的各項改革資訊，可逕查閱「日本語能力試驗」官方網站http://www.jlpt.jp/。

✳ 台灣地區新日檢相關考試訊息

測驗日期：每年七月及十二月第一個星期日

測驗級數及時間：N1、N2在下午舉行；N3、N4、N5在上午舉行

測驗地點：台北、桃園、台中、高雄

報名時間：第一回約於三～四月左右，第二回約於八～九月左右

實施機構：財團法人語言訓練測驗中心

（02）2365-5050

http://www.lttc.ntu.edu.tw/JLPT.htm

如何使用本書

　　本書將應考前最後衝刺的30天分成5大區塊，一開始先累積「聽解」的基礎知識，接著再逐項拆解四大問題，一邊解題，一邊背誦考試中可能會出現的句型和單字。跟著本書，只要30天，「聽解」就能高分過關！

✱ STEP 1　學會「非會不可的基礎知識」

　　第1～6天的「非會不可的基礎知識」，教您如何有系統地累積聽解實力，一舉突破日語聽力「音便」、「相似音」、「委婉說法」、「敬語」的學習障礙！

✱ STEP 2　拆解「聽解科目的四大題型」

　　第7～30天，每6天為一個學習單位，一一拆解聽解科目四大題型，從「會考什麼」、「考試形式」一直到「會怎麼問」，透徹解析！

✿STEP 3 即刻「實戰練習・實戰練習解析」

了解每一個題型之後，立刻做考題練習。所有考題皆完全依據「日本國際教育支援協會」及「日本國際交流基金會」所公布的新日檢「最新題型」與「題數」出題。

測驗時聽不懂的地方請務必跟著音檔複誦，熟悉日語標準語調及說話速度，提升日語聽解應戰實力。此外，所有題目及選項，均有中文翻譯與詳細解析，可藉此釐清應考聽力的重點。

✿STEP 4 收錄「聽解必考句型・聽解必背單字」

特別收錄「聽解必考句型」、「聽解必背單字」。四大題型裡經常會出現的會話口語文法、必考單字，皆補充於該題型之後，不僅可以提高答題的正確率，還可以加強自己的文法、單字實力。

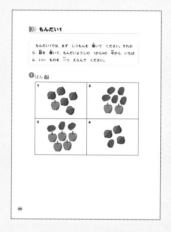

　　附錄為一回擬真試題，實際應戰，考驗學習成效。更可以事先熟悉新日檢聽力考試現場的臨場感。擬真試題作答完畢後，再參考解析及翻譯加強學習，聽解實力再進化。

如何掃描 QR Code 下載音檔

1. 以手機內建的相機或是掃描 QR Code 的 App 掃描封面的 QR Code。
2. 點選「雲端硬碟」的連結之後，進入音檔清單畫面，接著點選畫面右上角的「三個點」。
3. 點選「新增至「已加星號」專區」一欄，星星即會變成黃色或黑色，代表加入成功。
4. 開啟電腦，打開您的「雲端硬碟」網頁，點選左側欄位的「已加星號」。
5. 選擇該音檔資料夾，點滑鼠右鍵，選擇「下載」，即可將音檔存入電腦。

目 次

第 1～6 天 非會不可的基礎知識

第 7～12 天 問題1「課題理解」

第 13～18 天　問題2「重點理解」

本書採用略語：

名 名詞	ｲ形 **ｲ形容詞**（形容詞）
動 動詞	ナ形 **ナ形容詞**（形容動詞）
副 副詞	

第 1~6 天

非會不可的基礎知識

在分四大題進行題目解析之前，先來看看要準備哪些，才能打好穩固的聽力基礎實力！

「新日檢N4聽解」準備要領

✳ 新日檢「聽解」要求什麼？

新日檢比舊日檢更要求貼近生活的聽解能力，所以內容多是日本人在職場上、學校上、家庭上每天實際運用的日文。

✳ 如何準備新日檢「聽解」？

據說有許多考生因為找不到提升聽解能力合適的書，所以用看日劇或看日本綜藝節目的方式來練習聽力。這種學習方式並非不好，但是如果不熟悉一般對話中常出現的「口語上的省略」或「慣用表現」的話，就永遠不知道日本人實際在說什麼。因此本單元提供很多「非會不可的聽解基礎知識」，只要好好學習，保證您的聽解有令人滿意的成績！

▶▶▶ 1. 了解口語「省略」與「音便」規則 MP3 01

❗ 注意

日語的表達也有「文言文」與「口語」的差別。有關口語的部分，通常學校不會教，但不代表可以不會。且由於此部分變化很大，量也多，所以需要花很多時間學習。一般來說，學習口語用法對在日本學習日語的學習者而言很簡單，因為生活裡就可以學到，但對於像諸位在自己國家學習日語、再加上比較少接觸日本人的學習者而言，或許是一種難懂的東西。但其實並不難！請看下面的表格，了解其變化規則，必能輕易上手！

日語口語「省略」與「音便」規則

變　化	例　句
のだ→んだ ……是……的	・へえ、そう<u>んだ</u>。 （←そうなのだ） 咦，是那樣啊。
ている→てる 正在……	・テレビ見<ruby>見<rt>み</rt></ruby><u>てるんだ</u>から、あとにして。 （←見<ruby><rt>み</rt></ruby>ているのだ） 因為正在看電視，所以等一下再說！
ら→ん（音便）	・ぜんぜん分<ruby><rt>わ</rt></ruby>か<u>ん</u>ない。 （←分<ruby><rt>わ</rt></ruby>からない） 完全不懂。
り→ん（音便）	・おかえ<u>ん</u>なさい。 （←おかえりなさい） 你回來了。
れ→ん（音便）	・最近太<ruby>最近太<rt>さいきんふと</rt></ruby>ったから着<ruby>着<rt>き</rt></ruby><u>らん</u>ない。 （←着<ruby><rt>き</rt></ruby>られない） 因為最近變胖了，穿不下。

變　　化	例　　句
と言っている→って 説	・お父さんが、今日は遅くなるって。 　（←遅くなると言っている） 爸爸説：「今天晚點回家。」
とは→って 所謂的〜是〜	・「ハイテク」って、どういう意味？ 　（←「ハイテク」とは） 所謂的「高科技」是什麼意思？
という→って 叫做	・木村って人、知ってる？（←木村という） 你認識叫做木村的人嗎？
ても→たって 再怎麼……，也……	・泣いたって、しょうがないよ。 　（←泣いても） 再怎麼哭，也無濟於事啊。
ておく→とく 先做好	・ビールを冷やしといてね。 　（←冷やしておく） 把啤酒先冰好喔。
れば→りゃ 如果……的話	・今からがんばりゃ、合格するよ。 　（←がんばれば） 從現在起努力的話，會考上唷！
けば→きゃ 如果……的話	・泣きゃ許されるってもんじゃない。 　（←泣けば） 哪有可能哭就會被原諒的道理。
ては→ちゃ 要是……的話	・むりしちゃ、だめだよ。（←むりしては） 拚過頭的話，可不好喔！

變　　化	例　　句
てしまう→ちゃう 表示完成、感慨、遺憾	・もうお金がなくなっちゃった。 　（←なくなってしまった） 　已經沒錢了。
もの→もん 因為、由於	・A：また休み？ 　B：だって頭が痛いんだもん。（←もの） 　A：又要請假？ 　B：因為頭痛啊。
など→なんか 之類的	・イタリア料理なら、ピザなんかどうですか。 　（←など） 　如果是義大利料理的話，吃披薩之類的如何呢？
私→あたし 我	・あたしはルミです。（←私） 　我是留美。
ほんとうに→ほんとに 真的	・ほんとにありがとう。（←ほんとうに） 　真的謝謝。
すみません→ すいません 對不起、不好意思	・すいません、もうしません。 　（←すみません） 　對不起，再也不會做。

2. 了解「相似音」的差異 _{MP3} 02

❗ 注意

聽考題的時候，請注意有沒有濁音（ ゛）、半濁音（ ゜）、促音（っ・ッ）、長音（拉長的音・ー）、撥音（ん・ン）、拗音（ゃ/ゅ/ょ・ャ/ュ/ョ）。有沒有這些音，意思就會完全不一樣喔！

「相似音」的分別

	有	無
濁音	ぶた（豚）**0** 名 豬 ざる（笊）**0** 名 竹簍	ふた（蓋）**0** 名 蓋子 さる（猿）**1** 名 猴子
半濁音	プリン **1** 名 布丁 ペン **1** 名 筆	ふりん（不倫）**0** 名 外遇 へん（変）**1** 名 ナ形 奇怪
促音	しょっちゅう **1** 副 經常 マッチ **1** 名 火柴 きって（切手）**0** 名 郵票	しょちゅう（暑中）**0** 名 盛夏 まち（町/街）**2/2** 名 城鎮/ 大街 きて（来て/着て）**1/0** 動 來/穿
長音	おばあさん **2** 名 祖母、外祖母、 （指年老的婦女）老奶奶、老婆婆 おじいさん **2** 名 祖父、外祖父、 （指年老的男性）老公公、老爺爺	おばさん **0** 名 伯母、叔母、舅母、 姑母、姨母、（指中年婦女）阿姨 おじさん **0** 名 伯父、叔父、舅舅、 姑丈、姨丈、（指中年男子）叔叔

	有	無
長音	ステーキ 2 名 牛排 シール 1 名 貼紙	すてき（素敵） 0 ナ形 極好、極漂亮 しる（知る） 0 動 知道
撥音	かれん（可憐） 0 ナ形 可愛、惹人憐愛 かんけい（関係） 0 名 關係	かれ（彼） 1 名 他 かけい（家計 / 家系） 0 / 0 名 家計 / 血統
拗音	きゃく（客） 0 名 客人 りょこう（旅行） 0 名 旅行 じょゆう（女優） 0 名 女演員 びょういん（病院） 0 名 醫院	きく（菊） 0 名 菊花 りこう（利口） 0 名 ナ形 聰明、機靈、周到 じゆう（自由） 2 名 自由 びよういん（美容院） 2 名 美容院

3.「委婉說法」的判斷方法 ^{MP3} 03

❗ 注意

日本人說話時，常會出現繞了一大圈反而意思更不清楚，或者說得太委婉反而讓對方聽不懂說話者到底想說什麼的情況。如果沒有注意聽，「した」（做了）還是「しなかった」（沒做）、「行く」（要去）還是「行か

「委婉說法」的判斷方法

表　達	事　實
するつもりはない 沒有做⋯⋯的打算	不做（強烈的意志）
するつもりはなかったんだけど 沒有打算做，但⋯⋯	做了，但後悔
するつもりだったんだけど 打算做，但⋯⋯	本來想做，但結果沒做或做不到
してたらよかった 要是⋯⋯就好了	後悔自己沒做的事
しないでよかった 還好沒有做	滿足於自己沒做的事
するところだった 那可就、險些	差一點～，但沒有～
てなかったら 沒有⋯⋯就好了	做了
してたら 如果⋯⋯的話	沒有做
なければよかった 要是沒做⋯⋯就好了	做了，但後悔
てよかった 做了真好	滿足有做的事

ない」（不要去）等根本無法判斷。所以多認識不同狀況的「表達」和
「事實」的差別，也就是「委婉説法」，絕對可以提升您的聽力！

例　句
彼と結婚するつもりはない。 沒有和他結婚的打算。
大声を出すつもりはなかったんだけど、つい……。 沒有打算發出大的聲音，但不由得……。
留学するつもりだったんだけど、あきらめた。 原本打算去留學，但放棄了。
もっと勉強してたらよかったのに……。 要是多唸書就好了……。
日本語の勉強をやめないでよかった。 還好沒有放棄唸日文。
もう少しでなぐるところだったよ。 差一點就打起來了。
先生になってなかったら、結婚してたでしょう。 如果沒有當老師的話，就結婚了吧。
結婚してたら、ちがう人生でしたね。 如果有結婚的話，會是不一樣的人生吧。
コックにならなければよかった。 要是不當廚師就好了。
お母さんの病気が治ってよかった。 媽媽的病好了真好。

4.「敬語」只要多聽，其實一點都不難！

❶ 注意

聽解考題裡，由於常會出現上下關係很明顯的情況，所以高難度的「敬語」也不可不學習。說到「敬語」，其實有些連日本人都會說錯，比方說您聽過「恐れ入ります」這句話嗎？「恐れ」（恐怖）？其實意思就是「謝謝您」，聽起來和「ありがとうございました」（謝謝您）完全不同吧。雖然有點難度，但一旦背起來，下次遇到日本客人並使用這句話的話，對方將對您完全改觀，且有可能會收到大量訂單！所以不要怕錯！只要漸漸熟悉敬語，自然而然就會變成敬語達人！

新日檢「聽解」裡常聽到的敬語

敬語說法	一般說法
恐れ入ります。 非常感謝。	ありがとうございます。 謝謝您。 すみません。 不好意思。
恐れ入りますが……。 很抱歉……。	すみませんが……。 不好意思……。
お伝え願えますか。 可以拜託您轉達嗎？	伝えてくれますか。 可以（幫我）傳達嗎？
お越し願えませんか。 可以勞駕您來一趟嗎？	来てくれませんか。 可不可以請你來呢？

敬語說法	一般說法
お電話させていただきます。 請讓我來打電話。	電話します。 我來打電話。
お電話さしあげます。 讓我來（為您）打電話。	電話します。 我來打電話。
お電話いただけますか。 可以麻煩您幫忙打電話嗎？	電話してもらえますか。 可以幫忙打電話嗎？
お電話ちょうだいできますか。 可以請您打電話給我嗎？	電話もらえますか。 可以打電話給我嗎？
今、何とおっしゃいましたか。 您剛才説了什麼呢？	今、何と言いましたか。 你剛才説了什麼？
何になさいますか。 您決定要什麼呢？	何にしますか。 你決定要什麼呢？
どういたしましょうか。 如何是好呢？	どうしましょうか。 怎麼辦呢？
拝見します。 拜見。	見ます。 看。
ご覧ください。 請過目。	見てください。 請看。
承りました。 聽到了。	聞きました。 聽見了。
かしこまりました。 遵命。	分かりました。 知道了。

❗ 注意

相信各位已從前面學到不少好用的規則，有「省略」、「音便」、「相似音」、「委婉説法」、「敬語」，透過這些規則來考試，必能輕鬆如意。接下來，請各位熟悉考試的型態，這對應考大有幫助。一起練習看看吧！

まず、問題を聞いてください。それから正しい答えを一つ選んでください。

もんだい
問題1

何と言いましたか。正しいほうを選んでください。

①A）むりしちゃ、だめですよ。

　B）むりしては、だめですよ。

②A）これ、コピーしておいてね。

　B）これ、コピーしといてね。

③A）あたしは女子高生です。

　B）わたしは女子高生です。

④A）むずかしくて、分かんない。

　B）むずかしくて、分からない。

⑤A）ああ、また太ってしまった。

B）ああ、また太っちゃった。

⑥A）おなかが痛いんだもん。

B）おなかが痛いんだもの。

何と言いましたか。正しいほうを選んでください。

①A）へん B）ペン

②A）びよういん B）びょういん

③A）おばあさん B）おばさん

④A）きり B）きりん

⑤A）すてき B）ステーキ

⑥A）かんけい B）かけい

内容の正しいほうを選んでください。

① A）あきらめた。

　 B）あきらめなかった。

② A）たくさん練習した。

　 B）たくさん練習しなかった。

③ A）盗んだ。

　 B）盗まなかった。

④ A）けんかした。

　 B）けんかしなかった。

⑤ A）事故にあった。

　 B）事故にあわなかった。

⑥ A）ワインを飲む。

　 B）ワインを飲まない。

男の人と女の人が話しています。女の人の答えはどちらの意味ですか。正しいほうを選んでください。

① A) ほしいものはこれだ。

   B) ほしいものがない。

② A) 百点がとれるわけがない。

   B) 百点がとれないわけがない。

③ A) ご主人の料理はとてもまずい。

   B) まずくはないが、おいしくもない。

④ A) とってもいい。

   B) とらないでほしい。

⑤ A) おもしろくないわけがない。

   B) 期待していたほどおもしろくはなかった。

⑥ A) すばらしい。

   B) ひどすぎる。

何と言いましたか。正しいほうを選んでください。

説了什麼呢？請選出正確答案。

① A) むりしちゃ、だめですよ。

拚過頭的話，可不好喔！

② B) これ、コピーしといてね。

這個，先影印好喔。

③ A) あたしは女子高生です。

我是女高中生。

④ B) むずかしくて、分からない。

因為太難，不懂。

⑤ B) ああ、また太っちゃった。

啊，又變胖了。

⑥ A) おなかが痛いんだもん。

因為肚子痛啊。

なん　　い
何と言いましたか。正しいほうを選んでください。
ただ　　　　　　　　　　　えら

説了什麼呢？請選出正確答案。

① A) へん 奇怪　　　　　　　　B) ペン 筆

② A) びよういん 美容院　　　　B) びょういん 醫院

③ A) おばあさん 奶奶、老婆婆　B) おばさん 阿姨、舅媽

④ A) きり 霧　　　　　　　　　B) きりん 長頸鹿

⑤ A) すてき 極棒、極漂亮　　　B) ステーキ 牛排

⑥ A) かんけい 關係　　　　　　B) かけい 家計 / 血統

<ruby>内容<rt>ないよう</rt></ruby>の<ruby>正<rt>ただ</rt></ruby>しいほうを<ruby>選<rt>えら</rt></ruby>んでください。

請選出正確內容。

① あきらめないでよかった。

沒有放棄真好。

A）あきらめた。 放棄了。

B）あきらめなかった。 沒有放棄。

② もっと<ruby>練習<rt>れんしゅう</rt></ruby>しとけばよかった。

如果多練習就好了。

A）たくさん<ruby>練習<rt>れんしゅう</rt></ruby>した。 練習很多。

B）たくさん<ruby>練習<rt>れんしゅう</rt></ruby>しなかった。 沒有練習很多。

③ <ruby>人<rt>ひと</rt></ruby>のものなんか<ruby>盗<rt>ぬす</rt></ruby>まなければよかった。

如果沒有偷別人的東西之類的就好了。

A）<ruby>盗<rt>ぬす</rt></ruby>んだ。 偷了。

B）<ruby>盗<rt>ぬす</rt></ruby>まなかった。 沒有偷。

④ けんかするつもりじゃなかったんだ。

本來沒有打架的打算。

A）けんかした。 打架了。

B）けんかしなかった。 沒有打架。

⑤ もう少しで事故にあうところだったよ。

差一點就遇到車禍喔。

A）事故にあった。 遇到車禍了。

B）事故にあわなかった。 沒有遇到車禍。

⑥ ワインは飲まないこともないよ。

也沒有不喝葡萄酒唷。

A）ワインを飲む。 喝葡萄酒。

B）ワインを飲まない。 不喝葡萄酒。

男の人と女の人が話しています。女の人の答えはどちらの意味ですか。正しいほうを選んでください。

男人和女人正在說話。女人的回答是哪個意思呢？請選出正確答案。

① 男：何かほしいものない？

男：有什麼想要的東西嗎？

女：これといって。

女：沒有特別想。

A）ほしいものはこれだ。 想要的東西是這個。

B）ほしいものがない。 沒有想要的東西。

② 男：この間のテスト、百点とれた？

男：上次的考試，得到了一百分？

女：まさか。

女：怎麼可能。

A）百点がとれるわけがない。 怎麼可能得到一百分。

B）百点がとれないわけがない。 怎麼可能不能得到一百分。

③ 男：ご主人の料理はおいしいですか。

男：你先生的料理好吃嗎？

女：まずくはないんですが……。

女：雖然不是難吃，但是……。

A）ご主人の料理はとてもまずい。 先生的料理非常難吃。

B）まずくはないが、おいしくもない。 雖然沒有難吃，但也沒有好吃。

④ 男：ここで写真をとってもいいですか。

男：可以在這裡拍照嗎？

女：できれば遠慮してください。

女：可以的話，請避免。

A）とってもいい。 拍也沒關係。

B）とらないでほしい。 希望不要拍。

⑤ 男：その映画、おもしろかった？

男：那一部電影好看嗎？

女：おもしろくなくはなかったけど……。

女：雖然沒有不好看，但是……。

A）おもしろくないわけがない。 不可能不好看。

B）期待していたほどおもしろくはなかった。

沒有原本期待的那麼好看。

⑥ 男：給料、もうぜんぶ使っちゃった。

男：薪水，已經全部用完了。

女：信じられない。

女：不敢相信。

A）すばらしい。 了不起。

B）ひどすぎる。 太過分。

第 **7～12** 天

問題1「課題理解」

考試科目（時間）	題型			
		大題	內容	題數
聽解35分鐘	1	課題理解	聽取具體的資訊，選擇適當的答案，測驗是否理解接下來該做的動作	8
	2	重點理解	先提示問題，再聽取內容並選擇正確的答案，測驗是否能掌握對話的重點	7
	3	説話表現	邊看圖邊聽説明，選擇適當的話語	5
	4	即時應答	聽取單方提問或會話，選擇適當的回答	8

＊「問題1」會考什麼？

聽取具體的資訊，選擇適當的答案，測驗是否理解接下來該做的動作。比方說判斷要買什麼東西、去哪裡或坐什麼交通工具等等。

＊「問題1」的考試形式？

答題方式為先聽情境提示與問題，接著一邊看圖或選項裡的文字，一邊聽對話中的資訊，然後再聽一次問題。最後從選項中選出正確答案。共有八個小題。

＊「問題1」會怎麼問？ MP3 06

・男の人と女の人がプレゼントを選んでいます。男の人はどれを買うことにしましたか。

　男人和女人正在選禮物。男人決定要買哪一個了呢？

・男の人と女の人が話しています。女の人は何人で出かけますか。

　男人和女人正説著話。女人要幾個人出去呢？

・男の人と女の人が話しています。二人はこれから何を食べますか。

　男人和女人正説著話。二個人接下來吃什麼呢？

もんだい
問題1

> もんだい1では、まず しつもんを 聞いて ください。それか
> ら 話を 聞いて、もんだいようしの 1から4の 中から、いちば
> ん いい ものを 一つ えらんで ください。

1 ばん MP3 07

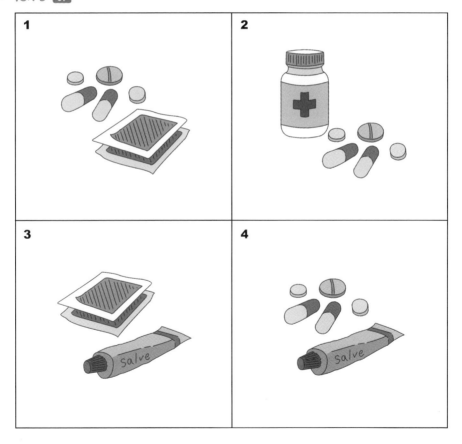

②ばん MP3 08

③ばん MP3 09

1. お弁当と傘

2. 飲み物とカメラ

3. 傘と飲み物

4. カメラとお弁当

4ばん **MP3 10**

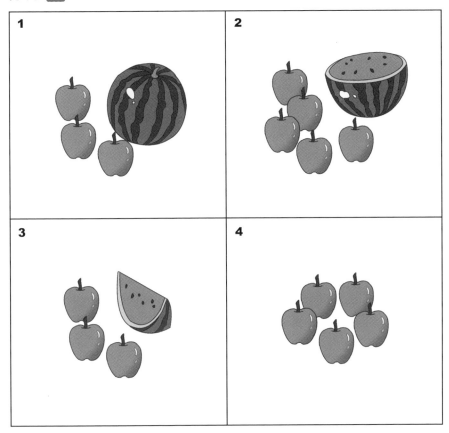

5ばん **MP3 11**

1. 銀行
   ぎんこう

2. スーパー

3. 郵便局
   ゆうびんきょく

4. 花屋
   はなや

6 ばん MP3 12

1. 月よう日

2. 火よう日

3. 水よう日

4. 木よう日

7 ばん MP3 13

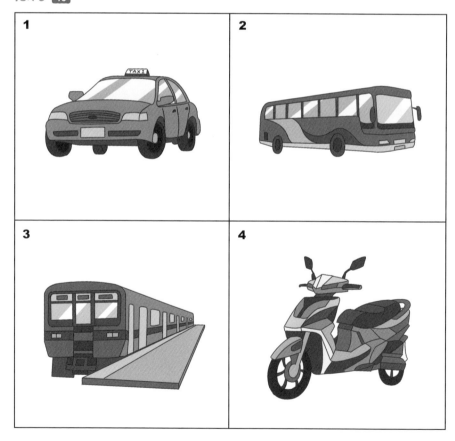

8 ばん MP3 14

1. 勉強します。

2. 料理をします。

3. ご飯を食べます。

4. 部屋を片づけます。

問題1

もんだい1では、まず　しつもんを　聞いて　ください。それから　話を　聞いて、もんだいようしの　1から4の　中から、いちばん　いい　ものを　一つ　えらんで　ください。

問題1請先聽問題。接下來聽會話，從試題紙的1到4當中，選出一個最適當的答案。

（M：男性、男孩　F：女性、女孩）

 1 ばん MP3 07

男の人が女の人に電話をしています。女の人は何を買って持って行きますか。

M：もしもし。

F：もしもし。祐二？仕事中じゃないの？

M：うん、じつは具合が悪くて会社を休んだんだ。

F：だいじょうぶ？病院に行った？

M：病院に行くほどじゃないんだけど、家に薬がなくて……。

F：じゃ、買って持って行く。何を買えばいい？

M：げりしてるから、飲むげり止めをお願い。それと、ずっと寝てて腰が痛いから、腰に塗ると冷たくて気持ちのいいやつ、買ってきてくれる？

F：それだったら、湿布薬（しっぷやく）のほうがいいわよ。

M：じゃ、その二（ふた）つお願（ねが）い。

女（おんな）の人（ひと）は何（なに）か買（か）って持（も）って行（い）きますか。

男人正打電話給女人。女人要買什麼拿過去呢？

M：喂喂。

F：喂喂。祐二？你不是正在上班嗎？

M：嗯，其實是因為身體不舒服，跟公司請假了。

F：還好嗎？去醫院了嗎？

M：還不至於要到醫院，但是家裡沒有藥⋯⋯。

F：那麼，我買好拿過去。買什麼好？

M：因為我在拉肚子，所以拜託妳買吃的止瀉藥。還有，因為我一直睡腰很痛，
　　所以可以幫我買一塗在腰上就會冰冰涼涼很舒服的東西過來嗎？

F：那種的話，酸痛藥布比較好喔！

M：那麼，麻煩就那二種。

女人要買什麼拿過去呢？

答案：1

２ばん MP3 08

男（おとこ）の子（こ）と女（おんな）の子（こ）が話（はな）しています。男（おとこ）の子（こ）はこのあと何（なに）をしますか。

F：これから映画（えいが）でもどう？

M：映画（えいが）なんかつまんないよ。

F：じゃ、音楽聴きに行く？夜七時からドイツの合唱団の演奏があるんだって。優子ちゃんたちも行くよ。

M：いいよ。俺は体を動かすほうが好き。

F：またテニス？

M：いや、今日は泳ぎたい気分なんだ。いっしょに行く？

F：わたしはいい。優子ちゃんたちと音楽聴きに行く。

M：そう。じゃ、またね。

F：つまんない。

男の子はこのあと何をしますか。

男孩和女孩正在説話。男孩之後要做什麼呢？

F：現在去看個電影如何？

M：電影什麼的好無聊喔！

F：那麼，去聽音樂呢？聽説從晩上七點開始有德國合唱團的演奏。優子她們也會去喔！

M：不了。我比較喜歡動動身體的。

F：又是網球？

M：不，今天的心情是想游泳。一起去嗎？

F：我就不了。我要和優子她們去聽音樂。

M：那樣啊。那麼，就下次再約囉。

F：真無趣。

男孩之後要做什麼呢？

答案：2

3ばん MP3 09

男の子がお母さんに話しています。男の子は、遠足に行くとき、何を持って行きますか。

M：お母さん、明日、遠足なんだけど……。

F：そう。じゃ、お弁当が必要ね。

M：ううん、昼ご飯食べてから行くから、いらない。

F：じゃ、何もいらないの？

M：先生が、のどが渇いたときに飲むものを準備しなさいって。

F：分かった。ほかには？

M：先生が写真の撮り方を教えてくれるから、ある人は持ってきてください だって。

F：そう。じゃ、お父さんのを持って行くといいわ。

M：いいの？わあい。

男の子は、遠足に行くとき、何を持って行きますか。
1. お弁当と傘
2. 飲み物とカメラ
3. 傘と飲み物
4. カメラとお弁当

男孩和母親正在說話。男孩去遠足的時候，要帶什麼去呢？

M：媽，我明天要遠足……。

F：那樣啊。那麼，需要便當囉！

M：不，因為是吃完午飯後才去，所以不用。

F：那麼，什麼都不需要嗎？

M：老師說，要準備口渴時喝的東西。

F：知道了。其他呢？

M：因為老師會教我們照相的方法，所以（老師）說有（相機）的人就帶去。

F：那樣啊。那麼，可以帶爸爸的去喔！

M：可以嗎？哇！

男孩去遠足的時候，要帶什麼去呢？
1. 便當和傘
2. 飲料和相機
3. 傘和飲料
4. 相機和便當

答案：2

④ ばん MP3 10

おんな ひと おとこ ひと でんわ はな
女の人が男の人と電話で話しています。女の人は何をどれだけ買って帰
おんな ひと なに か かえ

りますか。

F：今、スーパーで買い物してるんだけど、果物、何が食べたい？
いま か もの くだもの なに た

M：今日は暑いから、スイカが食べたいな。
きょう あつ た

F：スイカか。この時季はまだ高いのよね。
じき たか

M：まるごと一個じゃなくていいから。

F：あたり前よ。半分だって高くて買えないわ。

M：ちょっとだけでもいいからお願い。

F：うん。あとりんごジュース作るから五個必要なんだけど、家にまだ
　　残ってたっけ。

M：うん、二つあるよ。

F：分かった。あとは新しいの買って帰るね。

女の人は何をどれだけ買って帰りますか。

女人和男人正在講電話。女人要買什麼、買多少回家呢？

F：我現在正在超市買東西，想吃什麼水果？
M：今天很熱，所以想吃西瓜耶！
F：西瓜嗎？這個季節還很貴吧！
M：不是一整個也好啦！
F：當然啊！就算是半個也是貴得買不起呢！
M：就算一點點也沒關係，所以拜託啦！
F：嗯。還有要榨蘋果汁，所以要五顆，家裡還有剩嗎？
M：嗯，有二顆喔！
F：知道了。其餘的我買新的回去喔！

女人要買什麼、買多少回家呢？

答案：3

男の人と女の人が話しています。女の人ははじめにどこへ行きますか。

M：また出かけるのか？

F：うん、やることがたくさんあって忙しいのよ。銀行に行ってお金を下ろさなきゃならないし、郵便局で手紙も出さなきゃならないし。

M：銀行に行くなら、ついでに俺のお金も積んできて。

F：銀行は最後。その時間はATMだけだから、積めないわよ。

M：なんだ。じゃ、急いでどこに行くの？

F：お肉の安売りが三時半からなの。あと二十分しかないわ。じゃあね。

女の人ははじめにどこへ行きますか。

1. 銀行
2. スーパー
3. 郵便局
4. 花屋

男人和女人正在説話。女人要先去哪裡呢？

M：又要出去啦？

F：嗯，要做的事情有很多，好忙喔！不去銀行領錢不行，還有不到郵局寄信不行。

M：要去銀行的話，順便也幫我存錢。

Ｆ：銀行是最後。那個時間只有ATM，所以不能存喔！

Ｍ：什麼嘛。那麼，妳急著要去哪裡？

Ｆ：因為肉的特賣會從三點半開始。只剩下二十分鐘了。掰掰！

女人要先去哪裡呢？

1. 銀行

2. 超市

3. 郵局

4. 花店

答案：2

⑥ ばん MP3 12

男の人と女の人が話しています。二人はいつ食事に行きますか。

Ｍ：来週、いっしょに食事しませんか。

Ｆ：いいですね。

Ｍ：じゃ、いつにしましょう。

Ｆ：そうですね。わたしは火よう日はバイオリンのレッスンがあるので、だめですが、ほかはいつでもだいじょうぶです。

Ｍ：わたしは水よう日と金よう日が英会話学校の日なので……。

Ｆ：月よう日は仕事が忙しいですから、木よう日ですかね。

Ｍ：そうですね。じゃ、その日、仕事が終わったら。

Ｆ：はい。楽しみにしています。

二人はいつ食事に行きますか。

1. 月よう日

2. 火よう日

3. 水よう日

4. 木よう日

男人和女人正在説話。二人何時去吃飯呢？

M：下個星期，要不要一起去吃飯呢？

F ：好啊！

M：那麼，決定什麼時候呢？

F ：那個嘛。我星期二有小提琴課，所以不行，但是之外隨時都可以。

M：我星期三和星期五是上英文會話課的日子，所以……。

F ：星期一工作很忙，所以星期四呢？

M：是啊。那麼，就那天工作結束後。

F ：好。很期待。

二人何時去吃飯呢？

1. 星期一

2. 星期二

3. 星期三

4. 星期四

答案：4

<ruby>女<rt>おんな</rt></ruby>の<ruby>子<rt>こ</rt></ruby>と<ruby>お父<rt>とう</rt></ruby>さんが<ruby>話<rt>はな</rt></ruby>しています。<ruby>女<rt>おんな</rt></ruby>の<ruby>子<rt>こ</rt></ruby>はどれに<ruby>乗<rt>の</rt></ruby>りますか。

F：いってきます。

M：どこ<ruby>行<rt>い</rt></ruby>くんだ？

F：<ruby>東京<rt>とうきょう</rt></ruby>で<ruby>安室奈美子<rt>あむろなみこ</rt></ruby>のコンサートがあるの。<ruby>隆<rt>たかし</rt></ruby>くんもファンだから、
　　<ruby>二人<rt>ふたり</rt></ruby>で<ruby>行<rt>い</rt></ruby>ってくる。

M：<ruby>隆<rt>たかし</rt></ruby>くん？まさかバイクで<ruby>行<rt>い</rt></ruby>くんじゃないだろうな。

F：まさか。<ruby>遠<rt>とお</rt></ruby>すぎて、<ruby>お尻<rt>しり</rt></ruby>が<ruby>痛<rt>いた</rt></ruby>くなっちゃうよ。

M：<ruby>電車<rt>でんしゃ</rt></ruby>か？

F：<ruby>乗<rt>の</rt></ruby>り<ruby>継<rt>つ</rt></ruby>ぎがめんどくさいから、<ruby>高速<rt>こうそく</rt></ruby>バス。

M：<ruby>気<rt>き</rt></ruby>をつけていってきなさい。ほら、<ruby>お金<rt>かね</rt></ruby>。

F：ありがとう、<ruby>お父<rt>とう</rt></ruby>さん。

<ruby>女<rt>おんな</rt></ruby>の<ruby>子<rt>こ</rt></ruby>はどれに<ruby>乗<rt>の</rt></ruby>りますか。

女孩和父親正在說話。女孩要搭哪一種呢？

F：出門囉！

M：要去哪？

F：在東京有安室奈美子的演唱會。小隆也是粉絲，所以我們二個人要去。

M：小隆？難不成是要騎摩托車去吧？

F：怎麼可能！太遠了，屁股會痛耶！

M：電車嗎？

F：換車太麻煩了，所以是高速巴士。

M：路上小心！來，錢拿去。

F：謝謝爸爸。

女孩要搭哪一種呢？

答案：2

8 ばん MP3 14

お母さんと男の子が話しています。男の子はこのあと何をしますか。

F：また料理してるの？

M：うん、ハンバーグだよ。学校で習ったんだ。

F：おいしそうね。ご飯の時間になったら、いっしょに食べましょうね。

M：だめだよ。これから康平くんが来るから、康平くんにあげるの。
　　明日のお弁当だよ。

F：そう。優しいのね。

M：康平くんのお母さん、病気で入院してるから。来たら、二人でいっ
　　しょに宿題やるんだ。

F：そう。じゃ、お母さんが部屋を片づけておいてあげるね。

M：うん、ありがとう。

男の子はこのあと何をしますか。

1. 勉強します。
2. 料理をします。
3. ご飯を食べます。
4. 部屋を片づけます。

母親和男孩正在説話。男孩之後要做什麼呢？

F：又在做菜了啊？

M：嗯，是漢堡排喔！在學校學的。

F：看起來好好吃喔！到吃飯時間時，一起吃吧！

M：不行啦！等一下康平要來，所以是要給康平的。是明天的便當喔！

F：那樣啊！好體貼喔！

M：因為康平的媽媽因病住院了。來了以後，我們二個人要一起做作業。

F：那樣啊！那麼，媽媽先幫你收拾房間吧！

M：嗯，謝謝。

男孩之後要做什麼呢？

1. 讀書。

2. 做菜。

3. 吃飯。

4. 收拾房間。

答案：1

もんだい
問題1

> 　もんだい1では、まず　しつもんを　聞^きいて　ください。それか
> ら　話^{はなし}を　聞^きいて、もんだいようしの　1から4の　中^{なか}から、いちば
> ん　いい　ものを　一^{ひと}つ　えらんで　ください。

❶ ばん MP3 **15**

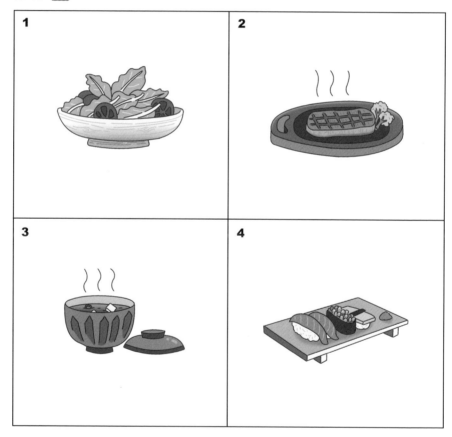

❷ ばん MP3 16

❸ ばん MP3 17

1. ビールを一本だけ

2. ビールを一本とピーナッツ

3. ビールを二本

4. ビールを二本とピーナッツ

5 ばん MP3 **19**

1. うさぎ

2. 猫
   <ruby>猫<rt>ねこ</rt></ruby>

3. 犬
   <ruby>犬<rt>いぬ</rt></ruby>

4. 鳥
   <ruby>鳥<rt>とり</rt></ruby>

6ばん MP3 20

1. 一人（ひとり）

2. 二人（ふたり）

3. 三人（さんにん）

4. 四人（よにん）

7ばん MP3 21

1	**2**
3	**4**

⑧ ばん **MP3 22**

1. 明日の午前

2. 明日の午後

3. あさっての午前

4. あさっての午後

▶▶▶ 問題1 實戰練習（2）解析

もんだい1では、まず　しつもんを　聞いて　ください。それから　話を　聞いて、もんだいようしの　1から4の　中から、いちばん　いい　ものを　一つ　えらんで　ください。

問題1請先聽問題。接下來聽會話，從試題紙的1到4當中，選出一個最適當的答案。

（M：男性、男孩　F：女性、女孩）

①ばん MP3 15

男の人と女の人が話しています。二人はこれから何を食べますか。

F：お昼、何食べる？

M：朝はコーヒー飲んだだけだから、味噌汁が飲みたいな。

F：えー、いやよ。わたしは洋食がいい。

M：洋食？俺は寿司と味噌汁がいいな。

F：給料日前なのに、お寿司なんて高くてだめよ。

M：じゃ、何食べるんだよ。サラダはやめてくれよ。お前は三食サラダでもいい女だからな。

F：今、すごくおなかが空いてるの。牛肉が食べたいわ。それもたくさん。

M：じゃ、駅前のステーキ屋に行くか。

F：賛成。

二人はこれから何を食べますか。

男人和女人正在說話。二個人接下來要吃什麼呢？

F：中午，要吃什麼？

M：因為早上只喝了咖啡，所以想喝味噌湯呢！

F：咦，不要啦！我覺得西餐好。

M：西餐？我覺得壽司和味噌湯好耶！

F：明明是發薪日之前，壽司什麼的太貴了不行喔！

M：那麼，要吃什麼啦！不要沙拉喔！因為妳是三餐都吃沙拉也無所謂的女生。

F：我現在很餓。想吃牛肉。而且還要很多。

M：那麼，去車站前的牛排館吧？

F：贊成。

二個人接下來要吃什麼呢？

答案：2

②ばん ᴹᴾ³ 16

おとこ ひと おんな ひと はな おとこ ひと い
男の人と女の人が話しています。男の人はこれからどこに行きますか。

げん き
F：元気がないけど、どうしたの？

すず き こくはく ことわ
M：鈴木さんに告白したんだけど、断られちゃった。

ざんねん
F：そう、残念だったわね。

あいだ ひと い おんな なにかんが わ
M：この間、いい人ねって言ってくれたのに。女って何考えてるのか分

かんないよ。

ひと なん おも い み
F：いい人って、何とも思ってないって意味なのよ。

M：えっ、そうなの？知らなかった。ぜったい俺のことが好きなんだと
　　思ってたのに。

F：ばかね。元気だして、別の女性でも探してきたら？

M：そうだな。ゲームセンターにでも行こうと思ってたけど、吉田を
　　誘ってバーに行ってくる。もっといい女、探すぞ。

F：がんばって。

男の人はこれからどこに行きますか。

男人和女人正在説話。男人接下來要去哪裡呢？

F：無精打采的，怎麼了嗎？

M：我跟鈴木小姐告白，可是被拒絕了。

F：那樣啊，真遺憾啊！

M：之前明明跟我説，説我是個好人呢。真搞不懂女人在想些什麼啊！

F：所謂的好人，代表著她（對你）沒有任何意思喔！

M：咦，是那樣嗎？我都不知道。還以為她一定是喜歡我。

F：真傻啊！打起精神，再找別的女生呢？

M：也是啊！本來想去遊戲中心之類的，但還是約吉田去酒吧好了。去找更好的
　　女生囉！

F：加油！

男人接下來要去哪裡呢？

答案：4

男の人が女の人に電話をしています。男の人は何を買って帰りますか。

M：これから帰るけど、何かほしいものある？

F：あるある。ビール。こういう暑い日はビールが飲みたいわ。

M：分かった。一本でいい？

F：せっかくだからいっしょに飲もう。最近飲んでないじゃない。

M：じゃ、二本ね。

F：うん。それから、ピーナッツも買ってきて。

M：あれっ、おととい買ったんじゃなかったっけ。

F：昨日、お父さんといっしょに飲みながら食べちゃったわよ。

M：そっか。じゃ、買って帰るね。

F：ありがとう。

男の人は何を買って帰りますか。

1. ビールを一本だけ
2. ビールを一本とピーナッツ
3. ビールを二本
4. ビールを二本とピーナッツ

男人正打電話給女人。男人要買什麼回家呢？

M：我現在要回家，有什麼想要的東西嗎？

F：有、有。啤酒。這樣熱的天好想喝啤酒喔！

M：知道了！一瓶好嗎？

F：難得都買了，一起喝吧！最近都沒有喝不是嗎？

M：那麼，就二瓶囉！

F：嗯。還有，也買花生回來。

M：咦？前天不是買了嗎？

F：昨天和爸爸一起一邊喝酒一邊吃掉了啦！

M：那樣啊！那麼，我買回去喔！

F：謝謝。

男人要買什麼回家呢？

1. 只有啤酒一瓶

2. 啤酒一瓶和花生

3. 啤酒二瓶

4. 啤酒二瓶和花生

答案：4

④ ばん MP3 18

おとこ ひと おんな ひと はな
男の人と女の人が話しています。女の人はこれからどのスポーツをします
おんな ひと
か。

F：ここの体育館って、何でもあっていいわね。
　　 たいいくかん　　　　　なん

M：うん。今、東京で一番大きいみたい。種類もこんなにたくさんある
　　 いま　とうきょう　いちばんおお　　　　　しゅるい
　　んだもん、人気があるはずだよ。
　　　　　　にんき

F：ほんとうね。休けいが終わったら、次、何やる？

M：そうだな。泳ぎすぎてちょっと肩が痛いから、腕と肩を使わないのにする。

F：じゃ、わたしもいっしょにいい？

M：もちろん。

F：じゃ、先に行ってスタート地点で待ってる。

M：了解。

女の人はこれからどのスポーツをしますか。

男人和女人正在説話。女人接下來要做哪種運動呢？

F：這裡的體育館，什麼都有，真好啊！

M：嗯，目前好像是東京最大的。種類也這麼多樣，難怪這麼受歡迎啊！

F：真的耶！休息過後，接下來，要做什麼？

M：那樣啊！游太多了肩膀有點痛，所以想做不用到手腕和肩膀的。

F：那麼，我也一起好嗎？

M：當然。

F：那麼，我先去出發點等著。

M：了解。

女人接下來要做哪種運動呢？

答案：3

⑤ ばん MP3 **19**

男の子とお母さんが話しています。男の子はどれを買ってもらうことに
なりましたか。

M：お母さん、お願い。きちんと世話するから買って。

F：だめ。前も世話するって言って、鳥の世話、ぜんぜんしなかった
　　じゃない。

M：今度はぜったいするから。

F：でも犬はだめよ。わんわん吠えてうるさくて、おじいちゃんに叱ら
　　れるわ。

M：犬じゃなくて、猫ならいい？

F：だめよ。おじいちゃん、猫嫌いなんだから。

M：そんな……。

F：鳴かない動物なら、飼ってもいいわよ。

M：じゃ、この子。ぴょんぴょん跳ねてかわいいよ。

F：そうね。じゃ、その子にしなさい。

男の子はどれを買ってもらうことになりましたか。

1. うさぎ
2. 猫
3. 犬
4. 鳥

男孩和母親正在說話。男孩決定讓母親買給他哪一隻了呢？

M：媽媽，拜託。我會好好照顧的，買啦！

F：不行。你之前也說會照顧，結果照顧鳥的事情，一點都沒做不是嗎？

M：這次一定會做啦！

F：但是狗不行喔！汪汪叫地很吵，會被爺爺罵喔！

M：不是狗，貓的話就可以？

F：不行喔！因為爺爺討厭貓。

M：怎麼那樣⋯⋯。

F：如果是不叫的動物，養也可以喔！

M：那麼，就這隻。蹦蹦跳好可愛喔！

F：是啊。那麼，就這隻吧！

男孩決定讓母親買給他哪一隻了呢？

1. 兔子

2. 貓

3. 狗

4. 鳥

答案：1

6 ばん MP3 20

男の人と女の人が話しています。女の人は何人で出かけますか。

M：明日からの連休はどこか行きますか。

F：ええ、温泉地へ。

M：いいですね。ご家族とですか。

F：いいえ、本当は一人でのんびりする予定だったんですけど、友だちに話したら行きたいと言うので、二人の友だちといっしょに行くことになりました。

M：そうですか。にぎやかなのもいいですよ。

F：ええ。おみやげ、買ってきます。

M：いえ、お気づかいなく。楽しんできてくださいね。

F：はい。

女の人は何人で出かけますか。
1. 一人
2. 二人
3. 三人
4. 四人

男人和女人正在說話。女人是幾個人要出門呢？

M：從明天開始的連休，要去哪裡嗎？

F：是的，要去溫泉區。

M：真好啊！是和家人嗎？

F：不，其實本來預計一個人悠哉悠哉，但是跟朋友說了以後朋友說想去，所以決定和二個朋友一起去了。

M：那樣啊！熱熱鬧鬧的也很好啊！

F：是啊！我會買禮物回來。

M：不，別費心。請開心地去玩吧！

F：好。

女人是幾個人要出門呢？

1. 一個人
2. 二個人
3. 三個人
4. 四個人

答案：3

男の人と女の人がプレゼントを選んでいます。男の人はどれを買うこと
にしましたか。

F：誰かにプレゼントですか？

M：あっ、木村さん。そうなんです。妹の結婚祝いなんですけど、何が
　　いいか分からなくて。

F：それなら、これなんかどうですか。ご主人とおそろいで、毎朝一杯
　　のコーヒーなんてすてきですよ。

M：それはもう姉がプレゼントしてしまいました。

F：そうですか。料理はよくしますか。

M：ええ、好きみたいです。

F：じゃ、これはどうですか。スープも作れるし、煮たり焼いたり何で
　　もできるんですよ。

M：いいですね。じゃ、これにします。

男の人はどれを買うことにしましたか。

男人和女人正在選禮物。男人決定買哪一個了呢？

F：要送誰禮物嗎？

M：啊，木村小姐。是啊！我妹妹的結婚賀禮，不知道什麼好。

F：那樣的話，這個如何呢？和她先生成雙，每天早上一杯咖啡，很棒喔！

M：那個我姊姊已經買來當禮物了。

F：那樣啊！有常做菜嗎？

M：嗯，好像喜歡。

F：那麼，這個如何呢？不但可以煮湯，還可以滷、可以煎，什麼都可以喔！

M：不錯耶！那麼，就決定這個。

男人決定買哪一個了呢？

答案：4

8 ばん MP3 22

教室で先生と学生が話しています。二人はいつ会いますか。

M：先生、進路のことで相談があるんですが……。

F：そう。明日の午前中は会議があるから、午後ならいいわよ。

M：すみません。明日の午後は田中先生に呼ばれているので……。

F：じゃ、だめね。あさっては午前中も午後も授業があるのよ。でも午後の授業は早めに終わる予定だから、それからでもいい？

M：ぼくは何時でもだいじょうぶです。

F：じゃ、教室で待ってて。

M：はい。ありがとうございます。

二人はいつ会いますか。

1. 明日の午前

2. 明日の午後

3. あさっての午前

4. あさっての午後

教室裡老師和學生正在說話。二個人何時見面呢？

M：老師，有關出路的事情想找您商量……。

F：那樣啊。明天上午要開會，所以下午的話都可以喔！

M：不好意思。明天下午被田中老師叫去，所以……。

F：那麼，就不行囉。後天不管上午或是下午都有課喔！不過，下午的課預計會提早結束，所以在那之後也可以嗎？

M：我不管幾點都沒問題。

F：那麼，就在教室等。

M：好的。謝謝您。

二個人何時見面呢？

1. 明天的上午

2. 明天的下午

3. 後天的上午

4. 後天的下午

答案：4

▶▶ 問題 1 實戰練習（3）

問題1

もんだい1では、まず　しつもんを　聞いて　ください。それから　話を　聞いて、もんだいようしの　1から4の　中から、いちばん　いい　ものを　一つ　えらんで　ください。

1 ばん MP3 23

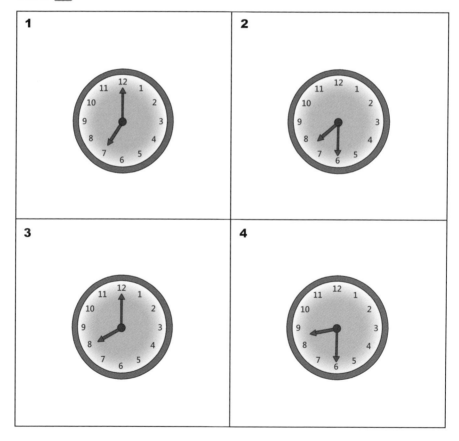

②ばん ^{MP3} 24

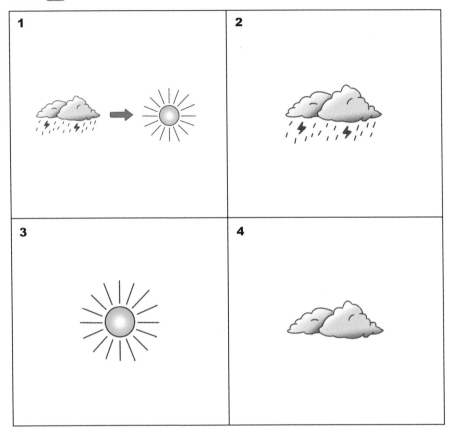

③ばん ^{MP3} 25

1. 三人家ぞく
2. 四人家ぞく
3. 五人家ぞく
4. 六人家ぞく

1. 赤
（あか）

2. 青
（あお）

3. 黄色
（き いろ）

4. 緑
（みどり）

⑤ばん MP3 27

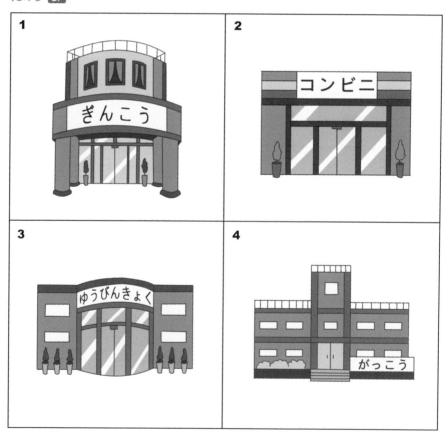

1

ぎんこう

2

コンビニ

3

ゆうびんきょく

4

がっこう

6 ばん ^{MP3} 28

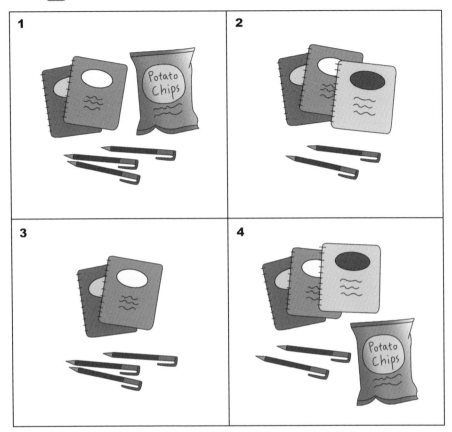

7 ばん ^{MP3} 29

1. 一時

2. 四時

3. 七時

4. 八時

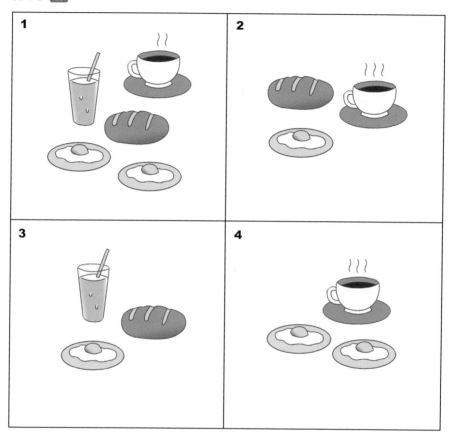

▶▶▶ 問題 1 實戰練習（3）解析

問題1

> もんだい1では、まず　しつもんを　聞^きいて　ください。それか
> ら　話^{はなし}を　聞^きいて、もんだいようしの　1から4の　中^{なか}から、いちば
> ん　いい　ものを　一^{ひと}つ　えらんで　ください。
>
> 問題1請先聽問題。接下來聽會話，從試題紙的1到4當中，選出一個最
> 適當的答案。

（M：男性、男孩　F：女性、女孩）

1 ばん MP3 23

男^{おとこ}の人^{ひと}と女^{おんな}の人^{ひと}が会議室^{かいぎしつ}で話^{はな}しています。会議^{かいぎ}は何時^{なんじ}に始^{はじ}まりますか。

F：今朝^{けさ}の会議^{かいぎ}、七時^{しちじ}からじゃなかったんですか。

M：すみません。大山^{おおやま}さん、昨日^{きのう}早^{はや}く帰^{かえ}っちゃったでしょ。電話^{でんわ}したん

　　だけど、つながらなくて。

F：携帯^{けいたい}が壊^{こわ}れちゃって、修理中^{しゅうりちゅう}なんです。

M：そう。じつは昨日^{きのう}残業^{ざんぎょう}のときに社長^{しゃちょう}が来^きて、翌日^{よくじつ}の早朝^{そうちょう}、部長^{ぶちょう}につ

　　き合^あってほしいところがあるって。それで、七時^{しちじ}の会議^{かいぎ}は間^まに合^あわ

　　ないから、一時間半^{いちじかんはん}遅^{おく}らせようってことになって。

F：そうだったんですか。ああ、眠^{ねむ}い。

M：すみません。

F：いえ、加藤^{かとう}さんのせいじゃないですから。

会議^{かいぎ}は何時^{なんじ}に始^{はじ}まりますか。

男人和女人正在會議室裡說話。會議是幾點開始呢？

F：今天早上的會議，不是從七點開始嗎？

M：對不起。大山小姐昨天比較早回家對吧？我打過電話，可是不通。

F：因為手機壞了，正在修。

M：那樣啊。其實是昨天加班的時候社長來了，說第二天一大早有事情希望部長
　　作陪。就這樣，七點的會議來不及，所以變成要晚一個半小時。

F：原來如此啊！啊，好想睡。

M：對不起。

F：不，因為不是加藤先生的錯。

會議是幾點開始呢？

答案：4

男の人と女の人が話しています。天気はこのあとどうなりますか。

M：へんな天気ですね。

F：ええ、天気予報では、このあと雨が降るそうですよ。

M：そうですか。じゃ、夕方のマラソンは中止ですね。

F：いえ、雨はすぐに止んで、晴れるそうです。

M：えっ、そうなんですか。

F：春の天気は変わりやすいですからね。

M：昨日も朝は大雨だったのに、急に晴れましたからね。

天気はこのあとどうなりますか。

男人和女人正在說話。天氣之後會變成如何呢？

M：好奇怪的天氣喔！
F：是的，聽氣象預報說之後會下雨喔！
M：是那樣嗎？那麼，黃昏的馬拉松會停止囉？
F：不，據說雨會立刻停，然後會放晴。
M：咦，是那樣嗎？
F：因為春天的天氣多變啊！
M：昨天也是早上還下大雨，卻又突然放晴了呢！

天氣之後會變成如何呢？

答案：1

③ばん MP3 25

男の人と女の人が話しています。男の人は来月、何人家族になりますか。

F：おめでとうございます。来月赤ちゃんが生まれるんですって。

M：そうなんですよ。それも双子です。

F：楽しみですね。

M：ええ。男の子と女の子だそうです。

F：そうですか。じゃあ、にぎやかになりますね。

M：ええ。去年父が亡くなって、母と妻と三人だけでしたからね。

F：ほんとうにおめでとうございます。

M：ありがとうございます。

男の人は来月、何人家族になりますか。
1. 三人家ぞく
2. 四人家ぞく
3. 五人家ぞく
4. 六人家ぞく

男人和女人正在説話。男人下個月，會變成幾個人的家庭呢？

F：恭喜！聽説下個月生寶寶？

M：是啊！而且還是雙胞胎。

F：很期待吧！

M：是的。據説是男孩和女孩。

F：是嗎？那麼，會變得很熱鬧耶！

M：是的。因為自從去年家父去世以後，就只剩我和媽媽和太太三個人而已。

F：真是恭喜。

M：謝謝。

男人下個月，會變成幾個人的家庭呢？
1. 三個人的家庭
2. 四個人的家庭
3. 五個人的家庭
4. 六個人的家庭

答案：3

4 ばん MP3 26

男の子と女の子が話しています。男の子は女の子に何色のペンをあげますか。

F：新しいペン？

M：うん、テストで百点とったから、お父さんが買ってくれたんだ。

F：いいな。ちょっと借りてもいい？

M：いいよ。

F：わあ、すごく書きやすい。それに色もきれいだね。

M：そうなんだ。ドイツのペンなんだって。

F：うらやましい。

M：赤いの二本もってるから、一本あげる。

F：ほんと？うれしい。ありがとう。

男の子は女の子に何色のペンをあげますか。

1. 赤
2. 青
3. 黄色
4. 緑

男孩和女孩正在說話。男孩要給女孩什麼顏色的筆呢？

F：新的筆？

M：嗯，因為考試考一百分，所以爸爸買給我的。

F：真好。可以借我一下嗎？

M：好啊！

F：哇，超級好寫。而且顏色也很漂亮耶！

M：的確是。因為據說是德國的筆。

F：真羨慕。

M：因為紅色的有二支，所以給妳一支。

F：真的嗎？好開心。謝謝。

男孩要給女孩什麼顏色的筆呢？

1. 紅

2. 藍

3. 黃

4. 綠

答案：1

男の人と女の人が話しています。男の人は初めにどこへ行きますか。

F：また出かけるの？さっき銀行から戻ったばかりじゃない。

M：郵便局に行くの忘れちゃって。この手紙、今日中に出さないと間に合わないから。

F：じゃあ、ついでにコンビニで牛乳と「毎朝新聞」買ってきてくれない？「毎朝新聞」よ。

M：うん。

F：「毎朝新聞」はすぐに売り切れちゃうから、急いで買ってね。

M：はいはい。でも、手紙が先だから、そのあとね。

F：お願いね。

男の人は初めにどこへ行きますか。

男人和女人正在説話。男人要先去哪裡呢？

F：又要出去啦？剛剛才從銀行回來的不是嗎？

M：我忘了去郵局。因為這封信，今天之內不寄的話就會來不及。

F：那麼，可以順便幫我去便利商店買牛奶和《毎朝新聞》嗎？是《毎朝新聞》喔！

M：嗯。

F：《毎朝新聞》一下子就賣完了，所以要快去買喔！

M：好、好。但是，信要先，所以在那之後喔！
F：拜託了！

男人要先去哪裡呢？

答案：3

⑥ ばん ^{MP3}28

女の子と店の人が話しています。女の子は何を買いますか。

F：すみません。黒いペンはどこにありますか。

M：黒いペンなら、はさみとか消しゴムとかがある棚の裏ですよ。

F：どうも。ノートもそこにありますか。

M：ノートはそこじゃなくて、ほら、おじさんの横にあるでしょ。

F：あっ、ほんとうだ。じゃ、そのノートを三冊ください。

M：はい。黒いペンは……二本ね。

F：そうです。

M：今日はお菓子はいいの？

F：昨日買ったばかりだから、今日はいいです。

女の子は何を買いますか。

女孩和店裡的人正在說話。女孩要買什麼呢？

F：不好意思。黑筆在哪裡呢？

M：黑筆的話，在放剪刀或是橡皮擦之類的架子的另一邊喔！

F：謝謝。筆記本也在那裡嗎？

M：筆記本不在那裡，妳看，不就在大叔的旁邊嗎？

F：啊，真的耶！那麼，請給我那筆記本三本。

M：好的。黑筆……是二支吧？

F：是的。

M：今天不要零食嗎？

F：昨天才剛買，所以今天不用。

女孩要買什麼呢？

答案：2

7 ばん MP3 29

男の人と女の人が話しています。二人は何時まで友だちを待ちますか。

F：横田くん、遅いわね。

M：ほんとだな。おなか空いちゃったよ。

F：もう七時よ。食べに行っちゃおう。

M：だめだよ。あいつ、怒ると怖いんだから。

F：だって、遅いのが悪いんじゃない。もともと四時とか言ってたくせに。

M：バイトなんだからしょうがないよ。一時ごろ電話があって、パーティーのお客さんが入ったから、遅くなるかもしれないって言ってたんだ。

F：八時<ruby>八<rt>はち</rt></ruby><ruby>時<rt>じ</rt></ruby>までだからね。

M：<ruby>分<rt>わ</rt></ruby>かったよ。

<ruby>二人<rt>ふたり</rt></ruby>は<ruby>何時<rt>なんじ</rt></ruby>まで<ruby>友<rt>とも</rt></ruby>だちを<ruby>待<rt>ま</rt></ruby>ちますか。
1. <ruby>一時<rt>いちじ</rt></ruby>
2. <ruby>四時<rt>よじ</rt></ruby>
3. <ruby>七時<rt>しちじ</rt></ruby>
4. <ruby>八時<rt>はちじ</rt></ruby>

男人和女人正在説話。二個人要等朋友等到何時呢？

F：橫田同學，還真慢啊！

M：真的耶！肚子好餓喔！

F：已經七點了耶！去吃吧！

M：不行啦！因為那傢伙，生氣起來可恐怖的呢！

F：可是，是遲到的人不對不是嗎？原先還說要四點什麼的！

M：因為要打工沒辦法啊！一點左右有來電話，說因為宴會的客人進來了，説不
　　定會遲到。

F：就到八點喔！

M：知道啦！

二個人要等朋友等到何時呢？
1. 一點
2. 四點
3. 七點
4. 八點

答案：4

男の人と女の人がメニューを見ながら話しています。女の人は何を注文しますか。

F：たまには外で朝食を食べるのもいいわね。

M：そうだな。

F：何にする？

M：俺はコーヒーとパンと卵。

F：じゃ、わたしはオレンジジュースとパンと卵。

M：ジュースか。じゃ、俺もジュース。

F：コーヒーも飲んで、ジュースも飲むの？

M：いいじゃないか。卵は二つね。

F：よく食べるわね。

M：お前も二つ食べれば。

F：いらないわよ。

女の人は何を注文しますか。

男人和女人正一邊看著菜單一邊說話。女人要點什麼呢？

F：偶爾在外面吃早餐也很好呢！

M：是啊！

F：要點什麼？

M：我要咖啡和麵包和蛋。

F：那麼，我要柳橙汁和麵包和蛋。

M：果汁嗎？那麼，我也要果汁。

F：也喝咖啡、也喝果汁嗎？

M：不好嗎？蛋要二顆喔！

F：還真會吃啊！

M：妳也可以吃二顆啊！

F：才不要哩！

女人要點什麼呢？

答案：3

1 でも　連……、就算……、不管……

　　表示「列舉」或「讓步」的意思，用於疑問詞之後，還可以表示全面的肯定。

・それなら子供でも分かります。

　　如果是那個，連小孩都懂。

・マラソン大会は雨でもやります。

　　馬拉松大會，就算是下雨也要舉行。

・ほしいものなら、いくらでも買います。

　　如果是想要的東西，不論多少錢也買。

2 なんか　……等等

　　多以「～や～や～なんか」（～或～或～等等）的形式出現，表示部分列舉。這是口語表達形式。文言文為「など」。

・りんごや柿なんかが好きです。

　　喜歡蘋果或柿子等等。

・昨日は刺身やうどんなんかを食べました。

　　昨天吃了生魚片或烏龍麵等等。

・将来は国語や社会なんかの先生になりたいです。

　　將來想當國語或社會等等的老師。

3 とか ……等等、……啦……啦

　　屬於部分列舉的助詞，和助詞「〜や〜（など）」用法相似，但是「〜とか〜」比「〜や〜」口語。

・コンビニでコーヒーとか牛乳(ぎゅうにゅう)とかを買(か)いましょう。

　　在便利商店買咖啡啦牛奶啦等等吧。

・机(つくえ)の上(うえ)にはパソコンとか辞書(じしょ)とかペンとかがあります。

　　桌上有個人電腦啦辭典啦筆啦等等。

・鈴木(すずき)くんとか山田(やまだ)くんとかがいい友(とも)だちです。

　　鈴木同學啦山田同學啦等等是好朋友。

4 だい ……啊（詢問的語氣）

　　在口氣比較隨便的會話裡出現，一般多為男性使用。接在疑問詞或含有疑問詞的表達方式後，表示向對方詢問的語氣。

・今(いま)、何時(なんじ)だい？

　　現在幾點啊？

・テストはいつだい？

　　考試是什麼時候啊？

・そんなこと、誰(だれ)から聞(き)いたんだい？

　　那種事，你聽誰說的啊？

5 かも　也許……、或許……

　　表示説話者説話當時的一種推測。即有可能性的意思。與「ちがいない」（一定）相比，「かも」所標示的可能性程度較低。通常以「かもしれない」的形式出現，「かも」多出現於口語。

・そうかもね。

　　也許吧。

・あっちのほうがいいかもね。

　　那邊的也許比較好喔。

・午後は雨が降るかもよ。

　　下午或許會下雨喔。

6 くせに　可是、卻

　　以「AくせにB」的形式出現。用於表示後續B的事態，與從A去正常思考的結果不符。事態B多為貶意。

・あの子は子どものくせに、大人のように話す。

　　那小孩明明就是小孩子，說話卻很像大人。

・自分ではできないくせに……。

　　明明自己也不會……。

・好きなくせに、嫌いだと言う。

　　明明很喜歡，卻偏偏說不喜歡。

7 まま　就這樣……（照舊、原封不動）

　　　表示在維持前面的狀態下，進行後面的動作。多以「動詞た形 / ない形+まま」的形態出現。

・くつをはいたまま、上がらないでね。

　別穿著鞋子就這樣上來喔。

・服をかえないまま、寝てしまった。

　沒有換衣服就這樣睡著了。

・手が汚れたまま、食べちゃだめ。

　不可以手就這樣髒髒地吃。

8 つもり　打算……、計畫……

　　　表示自己強烈的決心或是打算。

・来年、日本に留学するつもりです。

　明年打算去日本留學。

・今年、彼女と結婚するつもりです。

　今年計畫和她結婚。

・日本語を勉強しつづけるつもりです。

　打算要繼續學日文。

人類、生物篇

1 呼び名 0 名 稱呼

ぼく 1 名 我（男生自稱）

君 0 名 你（男人對平輩或晚輩的

稱呼）

彼 1 名 他

彼女 1 名 她

彼ら 1 名 他們

みな / みんな 2 / 3 名 大家

男 / 男性 3 / 0 名 男性

女 / 女性 3 / 0 名 女性

男の子 3 名 男孩

女の子 3 名 女孩

赤ちゃん 1 名 嬰兒

大人 0 名 大人

子ども 0 名 小孩

外国人 4 名 外國人

2 人間関係 5 名 人際關係

親 2 名 雙親、父母

父 1 名 父親

母 1 名 母親

お父さん 2 名 爸爸

お母さん 2 名 媽媽

パパ 1 名 爸爸（小孩用語）

ママ 1 名 媽媽（小孩用語）

祖父 1 名 祖父

祖母 1 名 祖母

おじいちゃん 2 名 爺爺、老先生

おばあちゃん 2 名 奶奶、老婆婆

夫 0 名 丈夫、外子

（謙稱自己的先生）

家内 1 名 內人

（謙稱自己的妻子）

妻 1 名 妻子

ご主人 2 名 尊夫

（尊稱他人的先生）

奥さん 1 名 尊夫人

（尊稱他人的妻子）

息子 0 名 兒子

娘 3 名 女兒

お子さん 0 名 令郎、令嬡

おじょうさん 2 名 令嬡、

千金小姐

姉 0 名 姊姊

兄 1 名 哥哥

弟 4 名 弟弟

妹 4 名 妹妹

お姉さん 2 名 姊姊

（尊稱他人的姊姊）

お兄さん 2 名 哥哥

（尊稱他人的哥哥）

弟さん 0 名 弟弟

（尊稱他人的弟弟）

妹さん 0 名 妹妹

（尊稱他人的妹妹）

3 **身分** <ruby>み<rt></rt></ruby><ruby>ぶん<rt></rt></ruby> 1 名 身分

<ruby>医者<rt>いしゃ</rt></ruby> 0 名 醫生

<ruby>歯医者<rt>はいしゃ</rt></ruby> 1 名 牙醫

<ruby>看護師<rt>かんごし</rt></ruby> 3 名 護士

<ruby>公務員<rt>こうむいん</rt></ruby> 3 名 公務員

<ruby>弁護士<rt>べんごし</rt></ruby> 3 名 律師

<ruby>店員<rt>てんいん</rt></ruby> 0 名 店員

<ruby>警察<rt>けいさつ</rt></ruby> 0 名 警察

どろぼう 0 名 小偷

すり 1 名 扒手

アナウンサー 3 名 播報員

<ruby>芸術家<rt>げいじゅつか</rt></ruby> 0 名 藝術家

<ruby>市民<rt>しみん</rt></ruby> 1 名 市民

<ruby>校長<rt>こうちょう</rt></ruby> 0 名 校長

<ruby>客<rt>きゃく</rt></ruby> 0 名 客人

<ruby>大学生<rt>だいがくせい</rt></ruby> 4 3 名 大學生

<ruby>高校生<rt>こうこうせい</rt></ruby> 4 3 名 高中生

<ruby>中学生<rt>ちゅうがくせい</rt></ruby> 4 3 名 國中生

<ruby>小学生<rt>しょうがくせい</rt></ruby> 4 3 名 小學生

<ruby>学生<rt>がくせい</rt></ruby> 0 名 學生

<ruby>生徒<rt>せいと</rt></ruby> 1 名 （小學、國中、高中 的）學生、學員

<ruby>先生<rt>せんせい</rt></ruby> 3 名 老師

<ruby>教授<rt>きょうじゅ</rt></ruby> 0 名 教授

<ruby>留学生<rt>りゅうがくせい</rt></ruby> 3 4 名 留學生

<ruby>先輩<rt>せんぱい</rt></ruby> 0 名 前輩、學長姊

<ruby>後輩<rt>こうはい</rt></ruby> 0 名 後輩、學弟妹

<ruby>上司<rt>じょうし</rt></ruby> 1 名 上司

<ruby>部下<rt>ぶか</rt></ruby> 1 名 屬下

4 **体** ^{からだ} 0 名 身體

頭 ^{あたま} 3 名 頭

顔 ^{かお} 0 名 臉

髪 / 髪の毛 ^{かみ} / ^{かみ} ^け 2 / 3 名 頭髮

毛 ^け 0 名 毛

目 ^め 1 名 眼睛

耳 ^{みみ} 2 名 耳朵

口 ^{くち} 0 名 嘴巴

鼻 ^{はな} 0 名 鼻子

ひげ 0 名 鬍子

首 ^{くび} 0 名 脖子

のど 1 名 喉嚨

手 ^て 1 名 手、手臂

腕 ^{うで} 2 名 手腕

心 ^{こころ} 3 2 名 心、心胸

胸 ^{むね} 2 名 胸

背 / 背 ^せ / ^{せい} 1 / 1 名 身高、背部、背後

背中 ^{せ なか} 0 名 背部、背後

爪 ^{つめ} 0 名 指甲

足 ^{あし} 2 名 腳

声 ^{こえ} 1 名 （生命體所發出的）聲音

力 ^{ちから} 3 名 力量

気 ^き 1 名 氣（泛指所有氣體）、
氣氛、氣度

気持ち ^{き も} 0 名 指身體上的舒適與否

気分 ^{き ぶん} 1 名 指心情上或健康上的
感受

5 **性格** せいかく 0 名 性格、個性

やさしい 0 3 イ形 溫柔的、

　體貼的

怖い こわ 2 イ形 兇的、恐怖的

親切（な） しんせつ 1 名 ナ形 親切（的）

まじめ（な） 0 名 ナ形 認真

　（的）

特別（な） とくべつ 0 名 ナ形 特別（的）

へん（な） 1 ナ形 奇怪（的）

うるさい 3 イ形 吵雜的

熱心（な） ねっしん 1 名 ナ形 熱情（的）

きびしい 3 イ形 嚴格的、嚴厲的

すごい 2 イ形 厲害的

すばらしい 4 イ形 了不起的

だめ（な） 2 名 ナ形 沒有用、

　不行（的）

いっしょうけんめい（な） 5

　名 ナ形 拚命（的）、認真（的）

6 病気 0 名 生病

病院 0 名 醫院

健康 0 名 健康

病人 0 名 病人

手術 1 名 手術

痛い 2 イ形 痛的

薬 0 名 藥

入院 0 名 住院

退院 0 名 出院

けが 2 名 受傷

傷 0 名 傷

骨折 0 名 骨折

かぜ 0 名 感冒

げり 0 名 下瀉、腹瀉、拉肚子

べんぴ 0 名 便祕

虫歯 0 名 蛀牙

ウイルス 1 名 病毒

にんしん 0 名 懷孕

産まれる 0 動 出生、誕生

産む 2 動 生

アレルギー 3 2 名 過敏

めまい 2 名 頭暈

消毒 0 名 消毒

がん 1 名 癌症

かゆい 2 イ形 癢的

くるしい 3 イ形 痛苦的

頭痛 0 名 頭痛

検査 1 名 檢查

やけど 0 名 燙傷

マスク 1 名 口罩

7 学校 0 名 學校

小学校 3 名 小學

中学校 3 名 國中

高校 0 名 高中

大学 0 名 大學

出席 0 名 出席

欠席 0 名 缺席

早退 0 名 早退

遅刻 0 名 遲到

制服 0 名 制服

春休み 3 名 春假

夏休み 3 名 暑假

冬休み 3 名 寒假

入学 0 名 入學

卒業 0 名 畢業

通う 0 動 上下課

図書館 2 名 圖書館

運動場 0 名 運動場、操場

教室 0 名 教室

黒板 0 名 黑板

体育館 4 名 體育館

宿題 0 名 功課

教科書 3 名 教科書

作文 0 名 作文

辞書 / 辞典 1 / 0 名 辭典、字典

レポート 2 名 報告

教える 0 動 教

勉強する / 学ぶ / 習う 0 / 0 / 2 動 學習、唸書

覚える 3 動 記住

予習 0 名 預習

復習 0 名 複習

がんばる / 努力する 3 / 1 動 努力

テスト 1 名 考試

受験 0 名 應試、應考

留学 0 名 留學

合格 0 名 及格

不合格 2 名 不及格

問題 0 名 問題

答え 2 名 解答

まちがい 3 名 錯誤、過失

点数 3 名 分數

成績 0 名 成績

8 会社 0 名 公司

仕事 0 名 工作

給料 1 名 薪水

入社 0 名 進公司

サラリーマン 3 名 上班族

会社員 3 名 公司職員

社長 0 名 社長

部長 0 名 部長

課長 0 名 課長

係長 3 名 股長

秘書 1 名 祕書

社員 1 名 員工

アルバイト / バイト 3 / 0 名
　打工

働く / 勤める 0 / 3 動 工作

リストラ 0 名 裁員

辞める 0 動 離職、辭職

9 生き物 2 3 名 生物

命 1 名 生命

死 1 名 死亡

生きる 2 動 活

死ぬ 2 動 死

生物 1 名 生物

動物 0 名 動物

植物 2 名 植物

昆虫 0 名 昆蟲

魚 0 名 魚

虫 0 名 蟲

花 2 名 花

草 2 名 草

鳥 0 名 鳥

第 **13~18** 天

問題2「重點理解」

考試科目 （時間）	題型		
	大題	內容	題數
聽解 35 分 鐘	1 課題理解	聽取具體的資訊，選擇適當的答案，測驗是否理解接下來該做的動作	8
	2 重點理解	先提示問題，再聽取內容並選擇正確的答案，測驗是否能掌握對話的重點	7
	3 説話表現	邊看圖邊聽説明，選擇適當的話語	5
	4 即時應答	聽取單方提問或會話，選擇適當的回答	8

問題 2 注意事項

✽「問題2」會考什麼？

本大題先提示問題，再聽取內容並選擇正確的答案，主要測驗是否能掌握
對話的重點。最常出現的問題是「どうして」（為什麼），除了要考生找
出事情發生的原因、理由或對象之外，偶爾也會出現「どこに」（在哪
裡）、「どんな」（怎樣的）等的問題。

✽「問題2」的考試形式？

答題方式為先聽問題，然後才看試題本上的文字選項。所以一開始聽的時
候，要先掌握被問的是原因或對象等，再用刪除法決定答案。共有七個小
題。

✽「問題2」會怎麼問？ **MP3 33**

・男の人がお店の人と話しています。男の人は、どうしてそれがほ
  しいのですか。

  男人和店裡的人正在說話。男人為什麼想要那個呢？

・二人の学生が話しています。二人はどうして病院に行くのですか。

  二個學生正在說話。二個人為什麼要去醫院呢？

・男の人と女の人が話しています。女の人はどうして眠いのですか。

  男人和女人正在說話。女人為什麼想睡呢？

問題 2 實戰練習（1）

<ruby>問題<rt>もんだい</rt></ruby>2

　　もんだい2では　まず　しつもんを　<ruby>聞<rt>き</rt></ruby>いて　ください。そのあと、もんだいようしを　<ruby>見<rt>み</rt></ruby>て　ください。<ruby>読<rt>よ</rt></ruby>む　<ruby>時間<rt>じかん</rt></ruby>が　あります。それから　<ruby>話<rt>はなし</rt></ruby>を　<ruby>聞<rt>き</rt></ruby>いて　1から4の　<ruby>中<rt>なか</rt></ruby>から、いちばん　いい　ものを　<ruby>一<rt>ひと</rt></ruby>つ　えらんで　ください。

❶ばん MP3 34

1. おなかが<ruby>痛<rt>いた</rt></ruby>かったから

2. <ruby>頭<rt>あたま</rt></ruby>が<ruby>痛<rt>いた</rt></ruby>かったから

3. <ruby>熱<rt>ねつ</rt></ruby>があったから

4. <ruby>腰<rt>こし</rt></ruby>が<ruby>痛<rt>いた</rt></ruby>かったから

❷ばん MP3 35

1. ねぼうしたから

2. <ruby>書類<rt>しょるい</rt></ruby>をうちに<ruby>忘<rt>わす</rt></ruby>れたから

3. バスの<ruby>中<rt>なか</rt></ruby>にさいふを<ruby>忘<rt>わす</rt></ruby>れたから

4. <ruby>電車<rt>でんしゃ</rt></ruby>が<ruby>遅<rt>おく</rt></ruby>れたから

③ばん MP3 36

1. 今の仕事がつまらないから

2. 病気になってしまったから

3. もっと給料のいい仕事が見つかったから

4. やりたい仕事ができたから

④ばん MP3 37

1. 医者に注意されたから

2. 彼氏に言われたから

3. 自分で写真を見て気づいたから

4. モデルになりたいから

⑤ばん MP3 38

1. 駅が遠いから

2. 部屋がせまいから

3. 場所が不便だから

4. 場所があぶないから

6 ばん MP3 39

1. お酒を飲みすぎたから

2. 近所がうるさかったから

3. 遅くまで仕事をしていたから

4. 遅くまでビデオを見ていたから

7 ばん MP3 40

1. ハンサムだから

2. やさしいから

3. 勉強ができるから

4. スポーツができるから

問題2

> もんだい2では　まず　しつもんを　聞いて　ください。そのあと、もんだいようしを　見て　ください。読む　時間が　あります。それから　話を　聞いて　1から4の　中から、いちばん　いいものを　一つ　えらんで　ください。
>
> 問題2請先聽問題。之後，看試題紙。有閱讀的時間。接下來聽會話，從1到4當中，選出一個最適當的答案。

（M：男性、男孩　F：女性、女孩）

ばん MP3 34

男の人と女の人が話しています。男の人はどうして会社を休みましたか。

F：昨日はどうしたんですか？

M：おととい寒くて、頭が痛いって言ってたの覚えてる？あのときすでに風邪ひいてたんだな。

F：熱があったとか？

M：いや、熱はなかったし、頭が痛いのも治ったんだけどさ。げりがひどくてね。痛くてぜんぜん眠れなかったよ。

F：それはつらいですね。

M：うん。

男の人はどうして会社を休みましたか。

1. おなかが痛かったから

2. 頭が痛かったから

3. 熱があったから

4. 腰が痛かったから

男人和女人正在説話。男人為什麼跟公司請假了呢？

F：昨天怎麼了呢？

M：還記得前天我説天氣冷頭痛的事情嗎？那個時候已經感冒了吧！

F：有發燒之類的嗎？

M：沒有，既沒有發燒，頭痛也好了。但是肚子拉得很慘。痛到完全沒辦法睡啊！

F：那很痛苦吧！

M：嗯。

男人為什麼跟公司請假了呢？

1. 因為肚子痛

2. 因為頭痛

3. 因為發燒

4. 因為腰痛

答案：1

男の人と女の人が話しています。男の人はどうして会社に遅刻したのですか。

M：遅刻しちゃったよ。

F：でも、電車が遅れたんでしょう？遅刻した人、たくさんいたわよ。

M：いや、でも俺は電車じゃなくて、バスだから。

F：そうなの？じゃ、ねぼうとか？

M：ちがうよ。書類を忘れちゃってさ。

F：えっ、バスの中に？やばいじゃない。

M：俺だってびっくりしたよ。でも、結局うちにあったんだけどね。

F：それで取りに戻って遅刻したのね。おつかれさま。

男の人はどうして会社に遅刻したのですか。

1. ねぼうしたから
2. 書類をうちに忘れたから
3. バスの中にさいふを忘れたから
4. 電車が遅れたから

男人和女人正在説話。男人為什麼上班遲到了呢？

M：遲到了啦！

F：但是，是因為電車誤點吧？很多人都遲到了啊！

M：不，不過我不是因為電車，是巴士。

F：那樣啊？是睡過頭了之類的嗎？

M：不是啦！是忘了文件。

F：咦，在巴士上？那不就糟了。

M：我也是嚇了一跳啊！不過，結果是放在家裡。

F：所以是回去拿才遲到的啊！辛苦了。

男人為什麼上班遲到了呢？

1. 因為睡過頭
2. 因為文件忘在家裡
3. 因為把錢包忘在巴士上
4. 因為電車誤點

答案：2

❸ ばん MP3 36

男の人と女の人が話しています。男の人はどうして会社を辞めますか。

F：来月で辞めちゃうんだって？

M：そうなんだ。

F：新しい仕事、もう見つかったの？給料のもっといい会社とか。

M：いや、ちがうんだ。

F：じゃ、どうして？

M：じつは胃の病気でね。手術して、しばらく休養しなきゃならなくてさ。

F：そうだったの。じゃ、ゆっくり休んでね。よかったら連絡ちょうだい。お見舞いに行くから。

M：うん。ありがとう。

男の人はどうして会社を辞めますか。

1. 今の仕事がつまらないから

2. 病気になってしまったから

3. もっと給料のいい仕事が見つかったから

4. やりたい仕事ができたから

男人和女人正在説話。男人為什麼要向公司辭職呢？

F：聽説你下個月要辭職？

M：是啊！

F：新工作，已經找到了嗎？薪水更好的公司之類的。

M：不，不是那樣的。

F：那麼，是為什麼？

M：其實是因為胃病。要動手術，非休養一陣子不可。

F：那樣啊！那麼，好好休息喔！如果可以的話請跟我聯絡。因為我要去探望你。

M：嗯。謝謝。

男人為什麼要向公司辭職呢？

1. 因為現在的工作無聊

2. 因為生病了

3. 因為找到了薪水更好的工作

4. 因為找到了想做的工作

答案：2

4 ばん MP3 37

お父さんと女の子が話しています。女の子はどうしてダイエットしているのですか。

M：ぜんぜん食べてないじゃないか。

F：食べたよ。自分だってちょっとしか食べてないくせに。

M：お父さんは病院の先生に言われてるから。

F：ほっといてよ。

M：むりなダイエットは体によくないぞ。彼氏に言われたのか。

F：ちがうわよ。大ちゃんはそんなこと言わないもん。

M：モデルにでもなるつもりか。

F：まさか。この間とった写真を見て、あたしが一番太ってるって気づいたの。だからやせなきゃって。

M：そんなことないよ。みんながやせすぎなんだから。

F：お父さんには女の子の気持ちなんか、分かんないよ。

女の子はどうしてダイエットしているのですか。
1. 医者に注意されたから
2. 彼氏に言われたから
3. 自分で写真を見て気づいたから
4. モデルになりたいから

父親和女孩正在說話。女孩為什麼正在減肥呢？

M：完全都沒吃不是嗎？

F：吃了啊！明明自己也只吃一點點。

M：爸爸是因為被醫院的醫生說了。

F：別管我啦！

M：過度的減肥對身體不好喔！是被男朋友說了嗎？

F：不是啦！阿大不會講那種話啦！

M：是不是打算當模特兒什麼的啊？

F：怎麼可能！前不久我看照好的相片，發現我是最胖的。所以才非瘦不可。

M：沒那回事啦！那是因為大家都太瘦了！

F：女孩子的心情什麼的，爸爸你不懂啦！

女孩為什麼正在減肥呢？

1. 因為被醫生叮嚀了

2. 因為被男朋友說了

3. 因為自己看照片發覺到了

4. 因為想當模特兒

答案：3

⑤ ばん MP3 38

男の人と女の人が話しています。女の人はどうして引っ越すのですか。

F：今週の土曜日に引っ越すんだけど、手伝ってくれない？

M：いいけど、急だね。

F：そうなのよ。

M：それって、この間痴漢が出るって言ってたのと関係がある？

F：ああ、それは結局ちがったの。

M：そうなんだ。じゃ、どうして？

F：来月、妹がいなかから出てきていっしょに暮らすことになったの。
　　でも、今の部屋じゃせまいから。

M：そう。

女の人はどうして引っ越すのですか。
1. 駅が遠いから
2. 部屋がせまいから
3. 場所が不便だから
4. 場所があぶないから

男人和女人正在説話。女人為什麼要搬家呢？

F：我這個星期六要搬家，可以幫忙嗎？

M：好啊，但是很突然喔。

F：對啊！

M：要搬家，是和前一陣子説出現色狼有關？

F：啊，結果那件事是搞錯了。

M：那樣啊！那麼，是為什麼？

F：因為下個月，我妹妹決定要從鄉下過來一起住。但是，現在的房間太小了。

M：原來如此。

女人為什麼要搬家呢？

1. 因為車站遠

2. 因為房間小

3. 因為地點不方便

4. 因為地點危險

答案：2

6 ばん MP3 39

男の人と女の人が話しています。女の人はどうして眠いのですか。

F：（あくびをしている）

M：どうしたんですか？眠そうですね。

F：あっ、すみません。

M：だいじょうぶ。でも、山田さんがあくびなんて珍しいですね。
　　昨日、遅くまで飲んでたんでしょう。

F：ちがいますよ。

M：もしかして、仕事ですか？

F：いえ、それもちがいます。じつは妹が韓国ドラマをたくさん借りて
　　きて、いっしょに朝の四時まで見てたんですよ。

M：それは眠いはずですね。

女の人はどうして眠いのですか。
1. お酒を飲みすぎたから
2. 近所がうるさかったから
3. 遅くまで仕事をしていたから
4. 遅くまでビデオを見ていたから

男人和女人正在說話。女人為什麼很睏呢？

F：（打呵欠）

M：怎麼了？看起來很睏的樣子。

F：啊，對不起。

M：沒關係。但是山田小姐打呵欠什麼的真是難得啊！昨天喝到很晚吧！

F：不是啦！

M：難不成，是工作嗎？

F：不，也不是那個。其實是因為我妹妹借很多韓國電視劇回來，我們一起看到
　　早上四點啦！

M：那會睏也是理所當然的啊！

女人為什麼很睏呢？

1. 因為喝太多酒

2. 因為附近很吵

3. 因為工作到很晚

4. 因為看電視到很晚

答案：4

7 ばん MP3 **40**

<ruby>女<rt>おんな</rt></ruby>の<ruby>子<rt>こ</rt></ruby>がお<ruby>父<rt>とう</rt></ruby>さんに<ruby>話<rt>はな</rt></ruby>しています。<ruby>女<rt>おんな</rt></ruby>の<ruby>子<rt>こ</rt></ruby>はどうしてその<ruby>男<rt>おとこ</rt></ruby>の<ruby>子<rt>こ</rt></ruby>のことが<ruby>好<rt>す</rt></ruby>きですか。

M：<ruby>今日<rt>きょう</rt></ruby>はバレンタインデーだな。

F：うん。

M：そのチョコ、<ruby>誰<rt>だれ</rt></ruby>に<ruby>渡<rt>わた</rt></ruby>すんだ？

F：お<ruby>父<rt>とう</rt></ruby>さんの<ruby>知<rt>し</rt></ruby>らない<ruby>子<rt>こ</rt></ruby>。すっごくかっこいいよ。

M：そうか。だから<ruby>好<rt>す</rt></ruby>きなんだな。

F：ちがうよ。その<ruby>子<rt>こ</rt></ruby>ね、<ruby>頭<rt>あたま</rt></ruby>もいいしスポーツも<ruby>上手<rt>じょうず</rt></ruby>で<ruby>人気者<rt>にんきもの</rt></ruby>なの。でも、それは<ruby>関係<rt>かんけい</rt></ruby>ない。<ruby>青山<rt>あおやま</rt></ruby>くん、すごくやさしいの。<ruby>犬<rt>いぬ</rt></ruby>とか<ruby>猫<rt>ねこ</rt></ruby>とか<ruby>見<rt>み</rt></ruby>ると、<ruby>自分<rt>じぶん</rt></ruby>のお<ruby>弁当<rt>べんとう</rt></ruby>を<ruby>分<rt>わ</rt></ruby>けてあげるんだ。

M：そうか。いい<ruby>子<rt>こ</rt></ruby>だな。

F：うん。だから<ruby>大好<rt>だいす</rt></ruby>き。

<ruby>女<rt>おんな</rt></ruby>の<ruby>子<rt>こ</rt></ruby>はどうしてその<ruby>男<rt>おとこ</rt></ruby>の<ruby>子<rt>こ</rt></ruby>のことが<ruby>好<rt>す</rt></ruby>きですか。

1. ハンサムだから

2. やさしいから

3. <ruby>勉強<rt>べんきょう</rt></ruby>ができるから

4. スポーツができるから

女孩正在和父親說話。女孩為什麼喜歡那個男孩呢？

M：今天是情人節吧。

F：嗯。

M：那個巧克力，是要給誰的啊？

F：爸爸不認識的人。非常帥喔！

M：那樣啊！所以才會喜歡囉！

F：不是啦！那個人啊，頭腦既好運動也行，是很受歡迎的人物。但是，跟那個
　無關。青山同學，非常溫柔喔。一看到狗或是貓之類的，還會把自己的便當
　分給牠們呢！

M：那樣啊！真是好孩子呢。

F：嗯。所以好喜歡。

女孩為什麼喜歡那個男孩呢？

1. 因為帥

2. 因為體貼

3. 因為會讀書

4. 因為會運動

答案：2

問題 2 實戰練習（2）

もんだい2では　まず　しつもんを　聞いて　ください。そのあと、もんだいようしを　見て　ください。読む　時間が　あります。それから　話を　聞いて　1から4の　中から、いちばん　いいものを　一つ　えらんで　ください。

1 ばん MP3 41

1. 値段が安いから

2. デザインがいいから

3. 軽いから

4. 使い方が簡単だから

2 ばん MP3 42

1. 人を助ける仕事だから

2. 給料がたくさんもらえるから

3. お父さんの夢だから

4. 先生が決めたから

③ ばん MP3 43

1. 体にいいから

2. おいしいから

3. いい匂いだから

4. 安いから

④ ばん MP3 44

1. 甘いものが苦手だから

2. おなかがいっぱいだから

3. お金が足りないから

4. ダイエット中だから

⑤ ばん MP3 45

1. お金がかかるから

2. 男の子は時間がないから

3. すぐにあきる性格だから

4. 家から遠いから

6 ばん MP3 46

1. 運動会は行われます。

2. 運動会は中止です。

3. 運動会を行うかどうかは、六時半までに分かります。

4. 運動会を行うかどうかは、八時までに分かります。

7 ばん MP3 47

1. 朝食と夕食のまえに飲みます。

2. 朝食と夕食のあと飲みます。

3. 一日に三回、食事のまえに飲みます。

4. 一日に三回、食事のあと飲みます。

問題2

もんだい2では　まず　しつもんを　聞いて　ください。そのあと、もんだいようしを　見て　ください。読む　時間が　あります。それから　話を　聞いて　1から4の　中から、いちばん　いいものを　一つ　えらんで　ください。

　　問題2請先聽問題。之後，看試題紙。有閱讀的時間。接下來聽會話，從1到4當中，選出一個最適當的答案。

（M：男性、男孩　F：女性、女孩）

① ばん MP3 41

男の人と女の人が話しています。女の人はどうしてそれを選んだのですか。

M：これはどう？軽くていいんじゃない？

F：いいけど、高すぎるよ。わたしの給料じゃ買えない。

M：ほんとうだ。ずいぶん高いね。

F：これは？デザインもいいし、わたしの大好きなピンクだし。

M：これ、使い方が複雑なんだって。弟が言ってた。

F：そうなの？じゃ、だめ。わたし、電話するだけだもん。

M：じゃ、これは？使い方が簡単だし、デザインもいいよ。

F：重すぎよ。これじゃ、三分でつかれちゃう。

M：それじゃ、これは？デザインはふつうだけど、使い方がすごく簡単だよ。

F：いいわね。安くはないけど、高くもないし。これにする。

女の人はどうしてそれを選んだのですか。

1. 値段が安いから

2. デザインがいいから

3. 軽いから

4. 使い方が簡単だから

男人和女人正在説話。女人為什麼選了那個呢？

M：這個如何？很輕，不錯吧？

F：好是好，但是太貴了啦！不是我的薪水買得起的。

M：真的耶！滿貴的耶！

F：這個呢？設計也好，又是我最喜歡的粉紅色。

M：這個，據説用法很複雜。我弟弟説的。

F：真的嗎？那麼就不行。因為我只用來打電話而已。

M：那麼，這個呢？用法既簡單，設計也很好喔！

F：太重了啦！這個的話，三分鐘手就痠了。

M：那麼這個呢？雖然設計普通，但用法非常簡單喔！

F：好耶！雖然不便宜，但是也不貴。就決定這個。

女人為什麼選了那個呢？

1. 因為價格便宜

2. 因為設計好

3. 因為輕

4. 因為用法簡單

答案：4

❷ ばん　MP3 42

お母さんと男の子が話しています。男の子はどうして医者になると決めたのですか。

F：拓哉、先生に聞いたわよ。お医者さんになりたいんだって？

M：うん。

F：この間はプロのサッカー選手になりたいって言ってたじゃない。

M：でも……。

F：お父さんのため？

M：そうじゃないけど……。お父さんが「お医者さんはたくさんの人を助けるヒーローで、お金もちにもなれる」って。

F：それはお父さんの考えでしょ。拓哉自身はどうなの？

M：お父さんがうれしいと、ぼくもうれしい。

F：でも、それはお父さんの夢で、拓哉の夢じゃないわ。自分の将来は、自分で決めていいの。お父さんもそのほうがうれしいわよ。

M：ほんとう？

男の子はどうして医者になると決めたのですか。
1. 人を助ける仕事だから
2. 給料がたくさんもらえるから
3. お父さんの夢だから
4. 先生が決めたから

母親和男孩正在說話。男孩為什麼決定要當醫生了呢？

F：拓哉，我聽老師説了喔！聽説你想要當醫生？

M：嗯。

F：前不久不是才説想要當職業足球選手？

M：可是……。

F：為了爸爸？

M：不是那樣啦，但是……。爸爸説「醫生是救助很多人的英雄，還可以變成有錢人」。

F：那是爸爸的想法不是嗎？拓哉自己覺得呢？

M：爸爸高興的話，我也會高興。

F：但是，那是爸爸的夢想，不是拓哉的夢想喔！自己的將來可以自己決定。那樣爸爸也會比較高興喔！

M：真的嗎？

男孩為什麼決定要當醫生了呢？

1. 因為是救助人的工作
2. 因為可以得到很多薪水
3. 因為是爸爸的夢想
4. 因為老師決定了

答案：3

3 ばん MP3 43

男の人と女の人が話しています。男の人はどうして毎朝納豆を食べていますか。

F ：朝は何を食べました？

M：ぼくは毎朝白いご飯と納豆と決めているんだ。

F ：毎朝ですか？

M：そう、もう五十年近く同じメニューだよ。

F ：体にいいですからね。

M：いや、べつに体にいいからじゃないけど……。

F ：そんなにおいしいですか。

M：ふつう。

F ：じゃ、どうしてですか。わたしはあのにおいが苦手なので。

M：安いからだよ。

F ：なるほど。

男の人はどうして毎朝納豆を食べていますか。

1. 体にいいから

2. おいしいから

3. いい匂いだから

4. 安いから

男人和女人正在說話。男人為什麼每天早上都吃納豆呢？

F：早上吃了什麼呢？

M：我每天早上固定都吃白飯和納豆。

F：每天早上嗎？

M：是的，已經近五十年都是同樣的菜單了喔！

F：因為對身體很好吧！

M：不，不是因為對身體好才特別吃……。

F：有那麼好吃嗎？

M：普通。

F：那麼，為什麼呢？因為我對那味道不行。

M：是因為便宜啦！

F：原來如此。

男人為什麼每天早上都吃納豆呢？

1. 因為對身體好

2. 因為好吃

3. 因為味道香

4. 因為便宜

答案：4

男の人と女の人がレストランで話しています。女の人はどうしてデザートを食べませんか。

F：ごちそうさまでした。

M：デザートはどう？甘いもの、好きだったよね。

F：今日はいいです。

M：もうおなかいっぱい？

F：そういうわけじゃないですけど……。

M：ぼくも食べたいから、いっしょに頼もうよ。

F：いえ、わたしはいいですから、食べてください。

M：どうして？ぼくのおごりだから、お金のことは心配しなくていいよ。

F：彼氏に太りすぎだって言われたから、やせたいんです。

M：ひどいな。ぜんぜん太ってないのに。

女の人はどうしてデザートを食べませんか。

1. 甘いものが苦手だから

2. おなかがいっぱいだから

3. お金が足りないから

4. ダイエット中だから

男人和女人正在餐廳説話，女人為什麼不吃甜點呢？

F：謝謝招待。

M：甜點如何？妳喜歡甜的東西吧！

F：今天就不用了。

M：是肚子已經很飽？

F：不是那個原因……。

M：我也想吃，所以一起點啦！

F：不，我不用，所以請你自己吃。

M：為什麼？我請客，所以不要擔心錢的事情喔！

F：因為被男朋友説太胖了，所以想瘦下來。

M：真過份啊！明明一點都不胖。

女人為什麼不吃甜點呢？

1. 因為對甜的東西不行

2. 因為肚子很飽了

3. 因為錢不夠

4. 因為減肥中

答案：4

⑤ばん MP3 45

お母さんと男の子が話しています。どうしてお母さんは反対しています

か。

M：お願い、習わせて。

F：だめよ。ピアノのときも一か月でやめちゃったじゃない。

M：あれは学校の勉強がたいへんで、時間がなかったからだよ。今は何

　　もないから、だいじょうぶだよ。ぼくのおこづかいも半分出すから。

F：お金の心配なんかしてないわよ。

M：じゃ、どうしてだめなの？

F：そのバイオリン教室、家から遠いでしょ。その時間はお父さんもお

　　母さんも送ってあげられないから。

M：だいじょうぶ。けんちゃんのお母さんに連れて行ってもらうから。

どうしてお母さんは反対していますか。

1. お金がかかるから

2. 男の子は時間がないから

3. すぐにあきる性格だから

4. 家から遠いから

母親和男孩正在説話，母親為什麼反對呢？

M：拜託，讓我學。

F：不行啦！學鋼琴的時候不也是一個月就不學了嗎？

M：那是因為學校的功課太重，沒有時間的緣故啊！我現在什麼事情都沒有，所以沒問題啦！我的零用錢也出一半。

F：我沒有擔心錢什麼的事情啊！

M：那麼，為什麼不行呢？

F：那個小提琴教室，離家裡很遠吧？因為那個時間不管爸爸還是媽媽都沒有辦法送你過去。

M：沒問題。因為我會請小健的媽媽帶我們去。

母親為什麼反對呢？
1. 因為要花錢
2. 因為男孩沒有時間
3. 因為（男孩）立刻厭倦的個性
4. 因為離家遠

答案：4

おんな せんせい はな
女の先生が話しています。明日、雨が降りそうだったら、運動会はどう

なりますか。

F：明日の運動会についてです。もし雨だったら、運動会は行われませ

ん。天気がよかったら、朝の八時までに、運動場に集まってくださ

い。もし、まだ雨は降っていないけれど降りそうだったら、運動会

を行うかどうか話し合って、六時半までに連絡します。みなさん、

分かりましたか。

あした あめ ふ うんどうかい
明日、雨が降りそうだったら、運動会はどうなりますか。
うんどうかい おこな
1. 運動会は行われます。
うんどうかい ちゅうし
2. 運動会は中止です。
うんどうかい おこな ろくじはん わ
3. 運動会を行うかどうかは、六時半までに分かります。
うんどうかい おこな はちじ わ
4. 運動会を行うかどうかは、八時までに分かります。

女老師正在說話。要是明天看起來要下雨的話，運動會會變成怎樣呢？

F：我來說有關明天運動會的事情。如果下雨的話，運動會就不舉行。天氣好的
話，請於早上八點之前在運動場集合。如果沒有下雨但是看起來要下雨的話，
會就運動會是不是舉行做討論，然後六點半以前聯絡。大家，都明白了嗎？

要是明天看起來要下雨的話，運動會會變成怎樣呢？
1. 運動會就舉行。
2. 運動會就中止。
3. 運動會是不是舉行，會在六點半前知道。
4. 運動會是不是舉行，會在八點前知道。

答案：3

7 ばん MP3 **47**

病院で看護師さんが話しています。薬はどのように飲めばいいですか。

F ：この青い薬は強いですから、食べたあとに飲んでくださいね。

M ：食べたあとですね。

F ：はい、そうです。昼食のときは飲まなくてもいいです。朝と夜の食
　　事のあとに、それぞれ三つ飲んでください。

M ：三つですね。

F ：はい。もう一度言いますが、とても強い薬なので食べてないときは
　　ぜったいに飲まないでください。

M ：分かりました。

薬はどのように飲めばいいですか。
1. 朝食と夕食のまえに飲みます。
2. 朝食と夕食のあと飲みます。
3. 一日に三回、食事のまえに飲みます。
4. 一日に三回、食事のあと飲みます。

醫院裡護士正在說話。藥要怎麼吃才好呢？

F：因為那顆藍色的藥（藥效）很強，所以請飯後吃喔！

M：吃飽以後是吧。

F：是的，就是那樣。午餐的時候不吃也沒關係，早上和晚上的飯後，請各吃三顆。

M：三顆是吧。

F：是的。再說一次，由於是（藥效）非常強的藥，所以沒有吃飯時絕對不能吃。

M：知道了。

藥要怎麼吃才好呢？

1. 早餐和晚餐前吃。

2. 早餐和晚餐後吃。

3. 一天三次，飯前吃。

4. 一天三次，飯後吃。

答案：2

問題2 實戰練習（３）

もんだい
問題2

> もんだい2では　まず　しつもんを　聞いて　ください。そのあ
> と、もんだいようしを　見て　ください。読む　時間が　ありま
> す。それから　話を　聞いて　1から4の　中から、いちばん　いい
> ものを　一つ　えらんで　ください。

1 ばん MP3 48

1. 遅くまで勉強していたから

2. おなかが痛くて眠れなかったから

3. 友だちの家でゲームをしていたから

4. 目ざまし時計が壊れたから

2 ばん MP3 49

1. 伝言をお願いします。

2. 十時に電話します。

3. 明日また電話します。

4. 相手の電話を待ちます。

③ ばん ^{MP3} 50

1. 四千八百円です。

2. 五千五百円です。

3. 六千五百円です。

4. 七千二百円です。

④ ばん ^{MP3} 51

1. 会議があるから

2. 報告書を書かなければならないから

3. 遅くなると電車がこむから

4. いつもより早く起きたから

⑤ ばん ^{MP3} 52

1. 辛いから

2. すっぱいから

3. まずいから

4. 高いから

6 ばん MP3 53

1. 喫茶店で待っています。

2. デパートで待っています。

3. 先に帰ります。

4. 明日会います。

7 ばん MP3 54

1. ボールペンだったから

2. 学生証を置いていなかったから

3. 辞書を出していたから

4. 座っていなかったから

<ruby>問題<rt>もんだい</rt></ruby>2

　　もんだい2では　まず　しつもんを　<ruby>聞<rt>き</rt></ruby>いて　ください。そのあ

と、もんだいようしを　<ruby>見<rt>み</rt></ruby>て　ください。<ruby>読<rt>よ</rt></ruby>む　<ruby>時間<rt>じかん</rt></ruby>が　ありま

す。それから　<ruby>話<rt>はなし</rt></ruby>を　<ruby>聞<rt>き</rt></ruby>いて　1から4の　<ruby>中<rt>なか</rt></ruby>から、いちばん　いい

ものを　<ruby>一<rt>ひと</rt></ruby>つ　えらんで　ください。

　　問題2請先聽問題。之後，看試題紙。有閱讀的時間。接下來聽會話，從
1到4當中，選出一個最適當的答案。

（M：男性、男孩　F：女性、女孩）

1ばん

<ruby>男<rt>おとこ</rt></ruby>の<ruby>子<rt>こ</rt></ruby>と<ruby>女<rt>おんな</rt></ruby>の<ruby>子<rt>こ</rt></ruby>が<ruby>話<rt>はな</rt></ruby>しています。<ruby>男<rt>おとこ</rt></ruby>の<ruby>子<rt>こ</rt></ruby>はどうして<ruby>遅刻<rt>ちこく</rt></ruby>したのですか。

F：また<ruby>太田<rt>おおた</rt></ruby>くんのうちで、<ruby>遅<rt>おそ</rt></ruby>くまで<ruby>遊<rt>あそ</rt></ruby>んでたんでしょう。

M：ちがうよ。<ruby>昨日<rt>きのう</rt></ruby>はおなかが<ruby>痛<rt>いた</rt></ruby>かったから、<ruby>行<rt>い</rt></ruby>かなかった。

F：だいじょうぶ？

M：<ruby>薬<rt>くすり</rt></ruby>を<ruby>飲<rt>の</rt></ruby>んだら<ruby>治<rt>なお</rt></ruby>った。

F：よかった。でも、どうしてまた<ruby>遅刻<rt>ちこく</rt></ruby>したの？

M：<ruby>目<rt>め</rt></ruby>ざまし<ruby>時計<rt>どけい</rt></ruby>が<ruby>鳴<rt>な</rt></ruby>らなかったんだ。

F：ああ、あれ。もう<ruby>古<rt>ふる</rt></ruby>いから、<ruby>新<rt>あたら</rt></ruby>しいの<ruby>買<rt>か</rt></ruby>ったほうがいいよ。

M：うん。

<ruby>男<rt>おとこ</rt></ruby>の<ruby>子<rt>こ</rt></ruby>はどうして<ruby>遅刻<rt>ちこく</rt></ruby>したのですか。

1. <ruby>遅<rt>おそ</rt></ruby>くまで<ruby>勉強<rt>べんきょう</rt></ruby>していたから

2. おなかが痛くて眠れなかったから
3. 友だちの家でゲームをしていたから
4. 目ざまし時計が壊れたから

男孩和女孩正在說話。男孩為什麼遲到了呢？

F：又是到太田同學家玩到太晚了吧！

M：不是啦！昨天因為肚子痛，所以沒有去。

F：還好嗎？

M：吃了藥之後好了。

F：太好了。但是，為什麼又遲到了？

M：因為鬧鐘沒響。

F：啊，是那個。已經舊了，所以買一個新的比較好吧！

M：嗯。

男孩為什麼遲到了呢？
1. 因為讀書讀到很晚
2. 因為肚子痛睡不著
3. 因為在朋友家玩遊戲
4. 因為鬧鐘壞了

答案：4

② ばん MP3 49

男の人と女の人が話しています。女の人はこれからどうしますか。

F：もしもし、村山さんのお宅ですか。

M：はい、そうです。

F：今井と申しますが、恵子さんはいらっしゃいますか。

M：恵子はまだ帰ってきてないんです。戻ったら電話させましょうか。

F：いえ、これから出かけますので、明日また電話してみます。

M：そうですか。

F：失礼します。

女の人はこれからどうしますか。
1. 伝言をお願いします。
2. 十時に電話します。
3. 明日また電話します。
4. 相手の電話を待ちます。

男人和女人正在説話。女人之後要怎麼做呢？

F：喂喂，請問是村山小姐家嗎？

M：是的，正是。

F：我叫今井，請問惠子小姐在嗎？

M：惠子還沒有回來，我請她回來以後打電話給妳吧！

F：不，我等一下要出門，所以明天再打打看。

M：那樣啊。

F：打擾了。

女人之後要怎麼做呢？
1. 拜託（男人）留言。
2. 十點打電話。
3. 明天再打電話。
4. 等對方的電話。

答案：3

③ ばん MP3 **50**

女の人とお店の人が話しています。女の人は全部でいくら払わなければ
なりません。

F：これ、お願いします。

M：かしこまりました。

F：五千円で足りるかしら。

M：少々お待ちください。……えっと、スカートが二千二百円、七百円
のTシャツが四枚で二千八百円、帽子が五百円ですから……。お客
様、あと五百円足りませんね。

F：そう。はい、これ。五百円。

M：ありがとうございます。

女の人は全部でいくら払わなければなりませんか。

1. 四千八百円です。

2. 五千五百円です。

3. 六千五百円です。

4. 七千二百円です。

女人和店裡的人正在說話。女人總共非付多少錢不可呢？

F：這個，麻煩你。

M：知道了。

F：五千日圓夠嗎？

M：請稍等。……這個，裙子是二千二百日圓、七百日圓的T恤四件是二千八百
　　日圓、帽子是五百日圓，所以……。客人，還不夠五百日圓呢。

F：是喔。好，這個。五百日圓。

M：謝謝您。

女人總共非付多少錢不可呢？

1. 四千八百日圓。

2. 五千五百日圓。

3. 六千五百日圓。

4. 七千二百日圓。

答案：2

④ ばん MP3 **51**

男の人と女の人が話しています。男の人はどうして早く来ましたか。

F：石井さん、今日は早いですね。

M：遠藤さんこそ。

F：わたしはいつもこの時間ですよ。遅くなると電車がこむので。

M：そうですか。わたしは、昼までに出す報告書が、まだ書き終わって
　　ないんです。それで……。

F：そうですか。あっ、会議の準備をしなきゃならないので、失礼しま
　　す。

M：がんばってくださいね。

F：石井さんも。

男の人はどうして早く来ましたか。

1. 会議があるから
2. 報告書を書かなければならないから
3. 遅くなると電車がこむから
4. いつもより早く起きたから

男人和女人正在説話。男人為什麼早來了呢？

F：石井先生，今天真早啊！

M：遠藤小姐也是。

F：我一直都是這個時間啊！因為只要一晚電車就會很擁擠。

M：原來如此啊！我，是因為中午前要交的報告還沒有寫好。所以……。

F：原來如此啊！啊，不做會議的準備不行了，我先告辭。

M：請加油喔！

F：石井先生也是。

男人為什麼早來了呢？

1. 因為有會議

2. 因為非寫報告不可

3. 因為只要一晚電車就會很擁擠

4. 因為比平常早起

答案：2

⑤ ばん MP3 **52**

男の人と女の人が話しています。女の人はどうしてそれが嫌いですか。

F：ここの韓国料理、おいしいですよね。

M：ええ、ほんとうに。でももう少し安いといいんですけどね。

F：そうですね。

M：あれっ、そのキムチ、食べないんですか。まずいですか。

F：これだけはちょっと……。

M：辛いの、好きでしたよね。

F：大好きです。でも、このキムチはすっぱいので苦手なんです。

M：そうでしたか。

女の人はどうしてそれが嫌いですか。

1. 辛いから

2. すっぱいから

3. まずいから

4. 高いから

男人和女人正在說話。女人為什麼討厭那個呢？

F：這裡的韓國料理，很好吃吧！

M：嗯，真的。但要是再便宜點就好了呢！

F：是啊！

M：咦，那個泡菜，妳不吃嗎？難吃嗎？

F：就只有這個我有點……。

M：妳不是喜歡辣的東西嗎？

F：非常喜歡。但是這泡菜太酸所以我不行。

M：原來如此啊！

女人為什麼討厭那個呢？

1. 因為辣

2. 因為酸

3. 因為難吃

4. 因為貴

答案：2

男の人と女の人が電話で話しています。女の人はどうすることにしましたか。

M：もしもし、今どこ？

F：もうすぐ着くよ。

M：ごめん、仕事が入っちゃって、ちょっと遅くなるんだ。

F：どのくらい？

M：二時間くらい。近くの喫茶店で待っててよ。

F：二時間もいやよ。もう帰る。

M：そんなこと言わないでよ。じゃ、明日にする？

F：そうだ。今ほしいバッグがあるの。買ってくれるなら待っててあげてもいいよ。

M：……分かったよ。

F：じゃ、駅前のデパートの五階で待ってるね。お仕事がんばってね。

女の人はどうすることにしましたか。
1. 喫茶店で待っています。
2. デパートで待っています。
3. 先に帰ります。
4. 明日会います。

男人和女人正在講電話。女人決定要怎麼做了呢？

M：喂喂，妳現在在哪裡？

F：就快到了喔！

M：不好意思，有工作進來，所以會遲一些。

F：大約多久？

M：二小時左右。在附近的咖啡廳等我喔！

F：二個小時我也不要！我要回去了。

M：別說那樣的話啦！那麼，要不要明天？

F：對了！我現在有想要的包包。如果買給我的話，等你也行喔！

M：……知道啦！

F：那麼，我在車站前的百貨公司的五樓等著喔！工作加油喔！

女人決定要怎麼做了呢？

1. 在咖啡廳等著。

2. 在百貨公司等著。

3. 先回家。

4. 明天見。

答案：2

7 ばん ^{MP3}

7 ばん MP3 54

先生が話しています。松田くんはどうして先生に注意されたのですか。

F：はい、みなさん、座ってください。大木くん、座りなさい。じゃ、これから英語のテストを始めます。机の上にえんぴつと消しゴム以外のものは置かないでください。えんぴつですよ。ボールペンやほかのペンはだめです。本とか辞書とかノートもしまってください。学生証は机の上に置いておいてくださいね。松田くん、それはしまってください。それがあったら、簡単に調べられちゃうでしょう。ほらっ、大木くんもしまいなさい。じゃ、始めます。

松田くんはどうして先生に注意されたのですか。

1. ボールペンだったから
2. 学生証を置いていなかったから
3. 辞書を出していたから
4. 座っていなかったから

老師正在說話。松田同學為什麼被老師提醒了呢？

F：好的，各位，請就座。大木同學，請坐下！那麼，接下來開始英文的考試。桌上請勿放置除了鉛筆和橡皮擦以外的東西。是鉛筆喔！原子筆或是其他的筆都不行。請把書或是字典或是筆記本也都收起來。學生證請先放在桌上喔！松田同學，那個請收起來。有那個的話，輕而易舉就能查詢了吧？喂，大木同學也收起來！那麼，開始。

松田同學為什麼被老師提醒了呢？
1. 因為用原子筆
2. 因為沒有放學生證
3. 因為拿出字典
4. 因為沒有就座

答案：3

1 みたいだ　就像……、真像……

　　説話者在進行敘述時，就事物的狀態、形狀、動作或性質等等，將自己的感覺列舉出容易理解並近似的例子。和「ようだ」差不多，但「みたいだ」較口語。多接續於「まるで」（簡直……）後面。

・今日は暑いね。まるで夏みたいだよ。

　　今天很熱耶。簡直就像夏天一樣耶。

・すごい風ですね。まるで台風みたいです。

　　非常大的風。簡直就像颱風一樣。

・東京大学に合格するなんて、夢みたいだよ。

　　考上東京大學什麼的，就像作夢一樣啊。

2 やすい　容易……、好……

　　表示該動作很容易做，或該事情很容易發生。若用於「特性」上時，則表示「有那樣的傾向」。

・この町は住みやすい。

　　這個城市好居住。

・そのペンは書きやすいですね。

　　那支筆好寫耶。

・わたしは太りやすい体質です。

　　我是容易胖的體質。

3 にくい　不容易……、難以……

　　表示那樣做很困難或無法輕易做到的意思。不只表示物理上的困難，也可以用在心理上的困難。

・田中先生の日本語は分かりにくい。

田中老師的日文不容易懂。

・この道は歩きにくいです。

這條路不好走。

・彼女は太りにくい体質です。

她是難以發胖的體質。

4 てみる　試著……看看

　　為了瞭解某物、某地而採取的實際行動。雖然有試著做做看的意思，但沒有實際上的行為時，不能用此句型。

・納豆はおいしいですから、食べてみてください。

因為納豆很好吃，所以請你吃吃看。

・新しいレストランに行ってみませんか。

要不要去新的餐廳看看呢？

・この服を着てみてもいいですか。

可以穿看看這件衣服嗎？

5 **べつに……ない　不特別……、沒怎樣……**

　　表示「沒有什麼特別的」或「不值得一提的」。也可以省略「ない」，說成「ううん、べつに」（不，沒什麼）。

・べつに変わったことはないです。

　　沒有什麼特殊的事情。

・べつに食べたいものはないです。

　　沒有什麼特別想吃的東西。

・あなたがいなくても、べつに困らないよ。

　　即使沒有你，也沒什麼特別覺得為難的唷。

6 **ほうがいい　最好……、還是……比較好**

　　用於說話者認為這樣比較好，並向聽話者提出勸告或建議時。不管前面接續的是動詞辭書形或た形，意思皆相同，但如果向聽話者進行較為強烈的勸說時，多使用た形。

・自分で話すほうがいい。

　　還是你自己說比較好。

・自分で話したほうがいい。

　　最好你自己說。

・おなかが痛いなら、休んだほうがいいよ。

　　如果肚子痛，最好請假吧。

7 まさか　怎麼會……、不會……吧

通常句尾出現「ないだろう」（沒有吧）、「はずはない」（應該沒有）等否定的表達方式，表示實際上不會發生也不應該發生那種事的否定態度。

・まさか失敗^{しっぱい}するなんて……。

　怎麼會失敗……。

・まさかそんなはずはない。

　怎麼會那樣呢。

・まさか彼^{かれ}と結婚^{けっこん}するつもりじゃないでしょう。

　你不會打算和他結婚吧。

8 まずは　姑且……、總算……

表示「雖不完全，但大致如此」、「雖不充分，但姑且……」的意思。第三個例子為書信結尾所使用的特別表達方式。

・まずは安心^{あんしん}しました。

　總算放心了。

・まずはよかったです。

　總算放心了。

・まずはご報告^{ほうこく}まで。

　暫且先報告到此。

158

時間、自然篇

1 十二か月 4 名 十二個月

一月 4 名 一月	十二月 5 名 十二月
二月 3 名 二月	カレンダー 2 名 月曆
三月 1 名 三月	今月 0 名 這個月
四月 3 名 四月	来月 1 名 下個月
五月 1 名 五月	さ来月 0 2 名 下下個月
六月 4 名 六月	去年 1 名 去年
七月 4 名 七月	今年 0 名 今年
八月 4 名 八月	来年 0 名 明年
九月 1 名 九月	さ来年 0 名 後年
十月 4 名 十月	毎年 / 毎年 0 / 0 名 每年
十一月 6 名 十一月	

2 一週間 いっしゅうかん 3 名 一個星期

日曜日 にちようび 3 名 星期日、星期天

月曜日 げつようび 3 名 星期一

火曜日 かようび 2 名 星期二

水曜日 すいようび 3 名 星期三

木曜日 もくようび 3 名 星期四

金曜日 きんようび 3 名 星期五

土曜日 どようび 2 名 星期六

先週 せんしゅう 0 名 上個星期

今週 こんしゅう 0 名 這個星期

来週 らいしゅう 0 名 下個星期

さ来週 さらいしゅう 0 名 下下個星期

3 一日 いちにち 0 名 一天

朝 あさ 1 名 早上

昼 / 昼間 ひる / ひるま 2 / 3 名 白天

夜 よる 1 名 晚上

夕方 ゆうがた 0 名 傍晚

午前 ごぜん 1 名 上午

午後 ごご 1 名 下午

昨日 きのう 2 名 昨天

今日 きょう 1 名 今天

明日 / 明日 あした / あす 3 / 2 名 明天

あさって 2 名 後天

今朝 けさ 1 名 今天早上

毎朝 まいあさ 0 名 每天早上

今晩 / 今夜 こんばん / こんや 1 / 1 名 今晚

ゆうべ 3 名 昨晚

今 いま 1 名 現在

昔 むかし 0 名 以前

時代 じだい 0 名 時代

時 とき 2 名 時候

4 **行事** 10 名 慶典、節日、活動

正月 4 名 新年

成人の日 6 名 成人節

（一月十五日）

バレンタインデー 6 名 情人節

（二月十四日）

ひなまつり 3 名 女兒節

（三月三日）

子どもの日 5 名 兒童節

（五月五日）

体育の日 1 名 體育節

（十月十日）

クリスマス 3 名 聖誕節

（十二月二十五日）

大みそか 3 名 除夕、大年夜

（十二月三十一日）

5 **季節** 1 名 季節

春 1 名 春

夏 2 名 夏

秋 1 名 秋

冬 2 名 冬

春夏秋冬 1 名 春夏秋冬

四季 21 名 四季

6 天気 てんき 1 名 天氣

晴れ は 2 名 晴天

くもり 3 名 陰天

雨 あめ 1 名 雨天

雲 くも 1 名 雲

降る ふ 1 動 （雨）落下、降下

雷 かみなり 0 名 雷

風 かぜ 2 名 風

吹く ふ 1 動 （風）吹

雪 ゆき 2 名 雪

台風 たいふう 3 名 颱風

傘 かさ 1 名 傘

虹 にじ 2 名 彩虹

暖かい あたた 4 イ形 暖和的

暑い あつ 2 イ形 熱的

寒い さむ 2 イ形 冷的

涼しい すず 3 イ形 涼快的

空気 くうき 1 名 空氣

7 地球 ちきゅう 0 名 地球

太陽 たいよう 1 名 太陽

月 つき 2 名 月亮

星 ほし 0 名 星星

宇宙 うちゅう 1 名 宇宙

朝日 あさひ 1 名 朝陽

夕日 ゆうひ 0 名 夕陽

南極 なんきょく 0 名 南極

北極 ほっきょく 0 名 北極

砂漠 さばく 0 名 沙漠

8 光 _{かり} 3 名 光

火 _ひ 1 名 火

輝く _{かがや} 3 動 閃耀

光る _{ひか} 2 動 發光

差す _さ 1 動 照射

日ざし _ひ 0 名 陽光照射

照る _て 1 動 照耀

明るい _{あか} 0 3 イ形 明亮的

暗い _{くら} 0 イ形 昏暗的

影 _{かげ} 1 名 影子

煙 _{けむり} 0 名 煙

9 災害 _{さい がい} 0 名 災害

地震 _{じ しん} 0 名 地震

津波 _{つ なみ} 0 名 海嘯

汚染 _{お せん} 0 名 污染

火山 _{か ざん} 1 名 火山

爆発 _{ばく はつ} 0 名 爆發

噴火 _{ふん か} 0 名 （火山）噴發

洪水 _{こう ずい} 0 名 洪水

乾燥 _{かん そう} 0 名 乾燥

汚れる _{よご} 0 動 骯髒

汚す _{よご} 0 動 弄髒

にごる 2 動 混濁

被害 _{ひ がい} 1 名 受害

公害 _{こう がい} 0 名 公害

影響 _{えい きょう} 0 名 影響

10 **地理** 1 名 地理

土地 0 名 土地

美しい 3 イ形 美麗的

環境 0 名 環境

海 1 名 海

湖 3 名 湖

池 2 名 池塘

河 / 川 2 / 2 名 河

山 2 名 山

島 2 名 島嶼

海岸 0 名 海岸

林 0 名 樹林

森 0 名 森林

砂 2 名 沙子

土 2 名 土

石 2 名 石頭

岩 2 名 岩石

葉 1 名 葉子

木 1 名 樹木

枝 0 名 樹枝

問題3「說話表現」

考試科目（時間）	題型			
		大題	內容	題數
聽解35分鐘	1	課題理解	聽取具體的資訊，選擇適當的答案，測驗是否理解接下來該做的動作	8
	2	重點理解	先提示問題，再聽取內容並選擇正確的答案，測驗是否能掌握對話的重點	7
	3	説話表現	邊看圖邊聽説明，選擇適當的話語	5
	4	即時應答	聽取單方提問或會話，選擇適當的回答	8

問題 3 注意事項

❋「問題3」會考什麼?

邊看圖邊聽說明,並選擇適當的話語。這是之前在舊日檢考試中沒有出現過的新型態考題。考生必須依照場合與狀況,判斷要選擇哪個句子才適當。

❋「問題3」的考試形式?

試題本上的問題3每一小題都有情境圖,圖上並有箭頭。請一邊看圖一邊聽問題,然後針對圖和提示提問的情境,從三個選項中,選出一個箭頭所指的人會說出的最適當的答案。共有五個小題。

❋「問題3」會怎麼問? **MP3 57**

・明日(あした)、会社(かいしゃ)を休(やす)みたいです。上司(じょうし)に何(なん)と言(い)いますか。
　1. 明日(あした)、休(やす)ませていただけませんか。
　2. 明日(あした)、休(やす)みましょうか。
　3. 明日(あした)、休(やす)ませてもよろしいですか。

　明天想向公司請假。要跟上司說什麼呢?
　1. 明天,能不能請您讓我請假呢?
　2. 明天,我來請假吧?
　3. 明天,讓我休假也可以嗎?

・友(とも)だちが重(おも)そうな荷物(にもつ)を持(も)っています。何(なん)と言(い)いますか。
　1. 荷物(にもつ)、持(も)っていただけませんか。
　2. 荷物(にもつ)、持(も)たなければなりませんか。
　3. 荷物(にもつ)、お持(も)ちしましょうか。

　朋友提著看起來很重的行李。要說什麼呢?
　1. 能不能請您幫我拿行李呢?
　2. 一定得拿行李嗎?
　3. 我來提行李吧!

問題 3 實戰練習（1）

> もんだい3では、えを　見ながら　しつもんを　聞いて　ください。
> ➡（やじるし）の　人は　何と　言いますか。1から3の　中から、いちばん
> いい　ものを　一つ　えらんで　ください。

1 ばん MP3 58

2 ばん MP3 **59**

3 ばん MP3 **60**

4 ばん MP3 61

5 ばん MP3 62

もんだい
問題3

> もんだい3では、えを 見<small>み</small>ながら しつもんを 聞<small>き</small>いて くださ
> い。➡（やじるし）の 人<small>ひと</small>は 何<small>なん</small>と 言<small>い</small>いますか。1から3の 中<small>なか</small>か
> ら、いちばん いい ものを 一<small>ひと</small>つ えらんで ください。
>
> 問題3請一邊看圖一邊聽問題。➡（箭號）比著的人要説什麼呢？請從1
> 到3當中，選出一個最適當的答案。

（M：男性、男孩　F：女性、女孩）

1 ばん MP3 58

道<small>みち</small>が分<small>わ</small>かりません。何<small>なん</small>と言<small>い</small>いますか。

1. すみません、ゲンキ大学<small>だいがく</small>はどこですか。

2. すみません、ゲンキ大学<small>だいがく</small>で会<small>あ</small>いましょう。

3. すみません、ゲンキ大学<small>だいがく</small>はいい学校<small>がっこう</small>ですか。

不知道路。要説什麼呢？

1. 不好意思，元氣大學在哪裡呢？

2. 不好意思，在元氣大學見面吧！

3. 不好意思，元氣大學是好學校嗎？

答案：1

② ばん **MP3 59**

時間が分かりません。何と言いますか。

1. 何時に出かけますか。

2. どこで時計を買いましたか。

3. 今、何時ですか。

不知道時間。要説什麼呢？

1. 幾點出門呢？

2. 在哪裡買了手錶呢？

3. 現在幾點呢？

答案：3

3 ばん MP3 **60**

写真をとってほしいです。何と言いますか。

1. ありがとう、写真をとりましょう。

2. すみません、写真をとってください。

3. ごめんなさい、写真をとりました。

想請人拍照。要説什麼呢？

1. 謝謝，拍照吧！

2. 不好意思，請（幫忙）拍照。

3. 對不起，拍照了。

答案：2

お客さまをほめたいです。何と言いますか。

1. とても高いですよ。

2. とてもおかしいですよ。

3. とてもにあってますよ。

想稱讚客人。要説什麼呢？

1. 非常貴喔！

2. 非常奇怪喔！

3. 非常適合喔！

答案：3

これからごちそうします。何と言いますか。

1. 今日はごちそうさまでした。

2. 今日はわたしのおごりよ。

3. 今日はまだまだでしたね。

接下來要請吃飯。要説什麼呢？

1. 今天謝謝招待。

2. 今天我來請客喔！

3. 今天還不夠啊！

答案：2

問題 3 實戰練習（2）

もんだい3では、えを　見ながら　しつもんを　聞いて　ください。
➡（やじるし）の　人は　何と　言いますか。1から3の　中から、いちばん
いい　ものを　一つ　えらんで　ください。

1 ばん ᴹᴾ³ 63

②ばん MP3 64

③ばん MP3 65

4 ばん ^{MP3} **66**

5 ばん ^{MP3} **67**

もんだい
問題3

> もんだい3では、えを　見ながら　しつもんを　聞いて　ください。➡（やじるし）の　人は　何と　言いますか。1から3の　中から、いちばん　いい　ものを　一つ　えらんで　ください。
>
> 問題3請一邊看圖一邊聽問題。➡（箭號）比著的人要說什麼呢？請從1到3當中，選出一個最適當的答案。

（M：男性、男孩　F：女性、女孩）

 ばん MP3 63

友だちと別れます。何と言いますか。

1. また明日。

2. もういいよ。

3. いただきます。

和朋友分別。要説什麼呢？

1. 明天見。

2. 已經夠了。

3. 開動。

答案：1

❷ ばん MP3 64

かのじょ　　きものすがた

彼女の着物姿をほめます。何と言いますか。

1. とてもほそいね。

2. とてもきれいだね。

3. とてもおいしいね。

稱讚女朋友穿和服的模樣。要説什麼呢？

1. 非常瘦耶！

2. 非常漂亮耶！

3. 非常好吃耶！

答案：2

自分の学校をほめます。何と言いますか。

1. きれいで何もない学校だよ。

2. とてもしずかでおいしい学校だよ。

3. いい先生がたくさんいるよ。

要稱讚自己的學校。要說什麼呢？

1. 漂亮但什麼都沒有的學校喔！

2. 非常安靜又好吃的學校喔！

3. 有很多好老師喔！

答案：3

いっしょにやるように誘います。何と言いますか。

1. みんなでいっしょに踊りましょう。

2. みんないっしょはいいですね。

3. みんな踊りませんでした。

想邀大家一起做。要説什麼呢？

1. 大家一起跳吧！

2. 大家一起很棒耶！

3. 之前大家沒有跳。

答案：1

自転車の友だちに言います。何と言いますか。

1. おかえりなさい。

2. がんばってね。

3. おだいじに。

對騎腳踏車的朋友說話。要說什麼呢？

1. 歡迎回來。

2. 加油喔！

3. 請保重。

答案：2

問題 3 實戰練習（３）

もんだい
問題3

> もんだい3では、えを　見ながら　しつもんを　聞いて　ください。
>
> ➡（やじるし）の　人は　何と　言いますか。1から3の　中から、いちばん
>
> いい　ものを　一つ　えらんで　ください。

1 ばん MP3 **68**

2 ばん MP3 69

3 ばん MP3 70

4 ばん

5 ばん

もんだい
問題3

> もんだい3では、えを 見ながら しつもんを 聞いて くださ
> い。➡（やじるし）の 人は 何と 言いますか。1から3の 中か
> ら、いちばん いい ものを 一つ えらんで ください。
>
> 問題3請一邊看圖一邊聽問題。➡（箭號）比著的人要説什麼呢？請從1
> 到3當中，選出一個最適當的答案。

（M：男性、男孩　F：女性、女孩）

1 ばん MP3 **68**

昨日のパーティーについて 話します。何と 言いますか。

1. いろいろな国の人がいて、話さなかったよ。

2. いろいろな国の人がいて、楽しかったよ。

3. いろいろな国の人がいて、大きかったよ。

就昨天的派對聊天。要說什麼呢？

1. 有各種國家的人，都沒說話喔！

2. 有各種國家的人，很開心喔！

3. 有各種國家的人，很大喔！

答案：2

②ばん MP3 69

$\overset{す}{好}$きな$\overset{こ}{子}$をデートに$\overset{さそ}{誘}$います。$\overset{なん}{何}$と$\overset{い}{言}$いますか。

1. あさって$\overset{えい が}{映画}$を$\overset{み}{見}$に$\overset{い}{行}$かない？

2. あさって$\overset{がっこう}{学校}$で$\overset{しゅくだい}{宿題}$しない？

3. あさってはぼくのたんじょう$\overset{び}{日}$ですか？

要約喜歡的人。要說什麼呢？

1. 後天要不要去看電影？

2. 後天要不要在學校寫作業？

3. 後天是我的生日嗎？

答案：1

旅行に行く人に言います。何と言いますか。

1. 気にしないでね。

2. 気をつけてね。

3. 気をつかってね。

對要去旅行的人說話。要說什麼呢？

1. 別在意喔！

2. 小心喔！

3. 多費心喔！

答案：2

④ ばん ^{MP3} 71

お客さまに言います。何と言いますか。

1. いらっしゃいませ。

2. いってきます。

3. いってらっしゃい。

對客人説話。要説什麼呢？

1. 歡迎光臨。

2. 我出門了。

3. 小心慢走。

答案：1

5 ばん **MP3 72**

誘いをことわります。何と言いますか。

1. ケーキなら好きですが……。

2. たまには映画はどうですか。

3. 残念ですが、また今度。

要拒絕邀請。要說什麼呢？

1. 蛋糕的話我是喜歡啦……。

2. 偶爾看個電影如何呢？

3. 真遺憾，下次吧！

答案：3

1 でしょう ……吧？

　　　伴隨著語尾的上升，表示確認。含有希望聽話者能表示同意的期待。一般為女性使用，男性可使用「だろう」。

・田中さんもいっしょに行くでしょう。

　田中先生也會一起去吧？

・そのケーキ、おいしかったでしょう。

　那個蛋糕，很好吃吧？

・わたしの気持ちが分かったでしょう。

　你了解我的心情吧？

2 はず 應該是……

　　　用於說話者根據某些依據，闡明自己認為某些情況肯定是那樣。其判斷的根據在邏輯上必須是合乎情理的。

・ええ、そのはずです。

　是的，應該是那樣。

・課長は出かけているはずです。

　課長應該是出門了。

・授業は九時からのはずです。

　上課應該是從九點開始。

3 らしい　好像……、似乎……

　　表示説話者認為該內容是可信度相當高的事物。至於該判斷的根據，則是來自外部的訊息或可觀察事物等客觀的東西，而不是單純想像出來的。

・明日は雨らしい。

　明天好像會下雨。

・あの先生は有名らしい。

　那位老師好像很有名。

・兄は好きな人がいるらしい。

　哥哥似乎有了喜歡的人。

4 たびに　每當……、每次……

　　表示反覆發生的事情，「一……總是……」的意思。

・試合のたびに雨が降る。

　每當比賽都下雨。

・父は出かけるたびにおみやげを買ってくる。

　父親每次出去都會買禮物回來。

・彼女は会うたびにきれいになっている。

　她每次見面都變漂亮。

5 **ように** 為了……

「ように」的前後皆會出現動詞，表示「為了使該狀態或狀況成立而做、或是不做某事」。有時也可省略「に」。「ように」的前面多接續①「なる」、「できる」等與人的意向無關（無意向行為）的動詞；②表示可能的「動詞可能形」；③動詞否定形。而「ように」的後面，一般接續表示說話者行為的動詞。

・忘れないように、メモしよう。

　為了不忘掉，做筆記吧。

・聞こえるように、大きな声で話してください。

　為了能聽到，請大聲説話。

・大学に合格できるように、がんばります。

　為了可以考上大學，會加油。

6 **もう** 已經……

表示行為或事情等到某個時間已經完了。在詢問「是否已經完了」的疑問句中也會使用「もう」。而在表示還未達到完成狀態時，無論是陳述句還是疑問句，都使用「まだ……ない」。

・朝ごはんはもう食べました。

　早餐已經吃了。

・今日はもう閉店です。

　今天已經打烊了。

・娘はもう出かけました。

　女兒已經出門了。

7 見える 能看到、看得到

　　表示並非有意識地想看，而是自然地映入眼簾。至於「見えない」則是因為視力有問題、有障礙物或太遠等理由而「看不到」的意思。

・晴れた日はここから１０１ビルが見えます。

　晴天時從這裡可以清楚地看到101大樓。

・今夜は星がよく見えます。

　今晚星星看得很清楚。

・黒板の字がよく見えません。

　黑板上的字，看不太清楚。

8 きっと 一定……、肯定……

　　表示「確切」、「肯定」的意思。表示說話者的推斷或強烈的意志，或者是用於對對方強烈的要求等。

・先生はきっと来ます。

　老師一定會來。

・今夜はきっと雨でしょう。

　今晚一定會下雨吧？

・きっと参加します

　一定會參加。

聽解必背單字 3 MP3 74

食物篇

1 味 あじ 0 名 味道

おいしい 0 3 イ形 好吃的

まずい 2 イ形 難吃的

甘い あま 0 イ形 甜的

からい 2 イ形 辣的

苦い にが 2 イ形 苦的

しょっぱい 3 イ形 鹹的

すっぱい 3 イ形 酸的

くさい 2 イ形 臭的

濃い こ 1 イ形 濃的

薄い うす 0 2 イ形 清淡的、薄的

食べる た 2 動 吃

2 野菜 や さい 0 名 蔬菜

キャベツ 1 名 高麗菜

にんじん 0 名 紅蘿蔔

だいこん 0 名 白蘿蔔

玉ねぎ たま 3 名 洋蔥

ねぎ 1 名 蔥

じゃがいも 0 名 馬鈴薯

ほうれんそう 3 名 菠菜

トマト 1 名 番茄

きゅうり 1 名 小黃瓜

白菜 はくさい 3 0 名 白菜

レタス 1 名 萵苣

セロリ 1 名 西洋芹

しいたけ 1 名 香菇

ごま 0 名 芝麻

米 こめ 2 名 米

農業 のうぎょう 1 名 農業

農家 のうか 1 名 農家

3 果物 くだもの 2 名 水果

りんご 0 名 蘋果

ぶどう 0 名 葡萄

いちご 0 1 名 草莓

スイカ 0 名 西瓜

メロン 1 名 哈密瓜

なし 0 名 梨子

みかん 1 名 橘子

バナナ 1 名 香蕉

マンゴー 1 名 芒果

パイナップル 3 名 鳳梨

パパイア 2 名 木瓜

キウイ 1 名 奇異果

ジャム 1 名 果醬

4 調味料 ちょうみりょう 3 名 調味料

砂糖 さとう 2 名 糖

塩 しお 2 名 鹽

しょうゆ 0 名 醬油

みそ 1 名 味噌

こしょう 2 名 胡椒

酢 す 1 名 醋

とうがらし 3 名 辣椒

マヨネーズ 3 名 美乃滋

ケチャップ 2 名 番茄醬

5 飲み物 3 2 名 飲料

飲む 1 動 喝

水 0 名 水

お茶 0 名 茶

紅茶 0 名 紅茶

牛乳 0 名 牛奶

コーラ 1 名 可樂

ジュース 1 名 果汁

コーヒー 3 名 咖啡

ビール 1 名 啤酒

ワイン 1 名 葡萄酒

アルコール 0 名 酒精飲料

日本酒 0 名 日本酒、清酒

酔う 1 動 喝醉

スープ 1 名 湯

6 日本料理 4 名 日本料理

ご飯 1 名 白飯

みそ汁 3 名 味噌湯

つけもの 0 名 醬菜、醃菜

寿司 2 1 名 壽司

さしみ 3 名 生魚片

てんぷら 0 名 天婦羅

すきやき 0 名 壽喜燒

とんかつ 0 名 炸豬排

しゃぶしゃぶ 0 名 涮涮鍋

そば 1 名 蕎麥麵

うどん 0 名 烏龍麵

牛丼 0 名 牛丼

カレーライス 4 名 咖哩飯

オムライス 3 名 蛋包飯

7 中華料理 4 名 中華料理

ラーメン 1 名 拉麵

ぎょうざ 0 名 餃子

チャーハン 1 名 炒飯

ショーロンポー 3 名 小籠包

北京料理 4 名 北京料理

四川料理 4 名 四川料理

広東料理 5 名 廣東料理

台湾料理 5 名 台灣料理

8 西洋料理 5 名 西洋料理

サラダ 1 名 沙拉

パン 1 名 麵包

ステーキ 2 名 牛排

ハンバーグ 3 名 漢堡排

スパゲッティ 3 名 義大利麵

ピザ 1 名 披薩

ハンバーガー 3 名 漢堡

フライドチキン 5 名 炸雞

フライドポテト 5 名 炸薯條

イタリア料理 5 名 義大利料理

フランス料理 5 名 法國料理

ごちそう 0 名 佳餚

⑨ デザート 2 名 甜點

ケーキ 1 名 蛋糕

クッキー 1 名 餅乾

アイスクリーム 5 名 冰淇淋

チョコレート 3 名 巧克力

和菓子 2 名 和菓子、日式點心

お菓子／スナック 2 / 2 名 零食

おやつ 2 名 點心

⑩ 食器 0 名 餐具

お皿 0 名 盤子

はし 1 名 筷子

ナイフ 1 名 刀子

スプーン 2 名 湯匙

フォーク 1 名 叉子

ちゃわん 0 名 飯碗

コップ 0 名 杯子

湯飲み 3 名 茶杯

ほうちょう 0 名 菜刀

やかん 0 名 茶壺

鍋 1 名 鍋子

フライパン 0 名 平底鍋

切る 1 動 切

焼く 0 動 烤

炒める 3 動 炒

煮る 0 動 煮、滷

わかす 0 動 煮沸

あげる 0 動 炸

むす 1 動 蒸

第 **25～30** 天

問題4「即時應答」

考試科目 （時間）	題型			
	大題		內容	題數
聽解 35 分 鐘	1	課題理解	聽取具體的資訊，選擇適當的答案，測驗是否理解接下來該做的動作	8
	2	重點理解	先提示問題，再聽取內容並選擇正確的答案，測驗是否能掌握對話的重點	7
	3	說話表現	邊看圖邊聽說明，選擇適當的話語	5
	4	即時應答	聽取單方提問或會話，選擇適當的回答	8

❋「問題4」會考什麼？

聽取單方提問或會話，選擇適當的回答。這也是在舊日檢考試中沒有出現過的新型態考題。考生聽完非常簡短的對話之後，要馬上選出一個正確答案。

❋「問題4」的考試形式？

試題本上沒有印任何圖或字，所以要仔細聆聽。首先注意聽簡短又生活化的一至二句對話，並針對它的發話選擇回應，答案的選項只有三個。共有八個小題。

❋「問題4」會怎麼問？ **MP3 75**

・F：お手伝いしましょうか。

M：1. お願いします。

　　 2. どういたしまして。

　　 3. こちらこそ、よろしく。

F：要不要幫忙呢？

M：1. 麻煩你了。

　 2. 不客氣。

　 3. 我才是，請多多指教。

・F：タバコを吸^すってもいいですか。

M：1. はい、いやです。

2. はい、すみません。

3. はい、どうぞ。

F ：可以抽菸嗎？

M：1. 是的，不要。

2. 是的，對不起。

3. 是的，請。

・F：どうぞお入^{はい}りください。

M：1. ごめんなさい。

2. 失礼^{しつれい}します。

3. いただきます。

F ：請進。

M：1. 不好意思。

2. 打擾了。

3. 開動了。

<ruby>問題<rt>もんだい</rt></ruby>4

> もんだい4には、えなどが　ありません。ぶんを　<ruby>聞<rt>き</rt></ruby>いて　くだ
> さい。それから、そのへんじを　<ruby>聞<rt>き</rt></ruby>いて、1から3の　<ruby>中<rt>なか</rt></ruby>から　いち
> ばん　いい　ものを　<ruby>一<rt>ひと</rt></ruby>つ　えらんで　ください。

― メモ ―

1 ばん MP3 76

2 ばん MP3 77

3 ばん MP3 78

4 ばん MP3 79

5 ばん ^{MP3} 80

6 ばん ^{MP3} 81

7 ばん ^{MP3} 82

8 ばん ^{MP3} 83

もんだい
問題4

> もんだい4には、えなどが　ありません。ぶんを　聞いて　ください。それから、そのへんじを　聞いて、1から3の　中から　いちばん　いい　ものを　一つ　えらんで　ください。
>
> 問題4沒有圖等等。請聽句子。接下來聽它的回答，從1到3當中，選出一個最適當的答案。

（M：男性、男孩　F：女性、女孩）

① ばん MP3 76

F：本を買いに行きます。何かほしいものがありますか。

M：1. 本は読みませんよ。

　　2. それはよかったですね。

　　3. じゃ、ビールをお願いします。

F ：我要去買書。有什麼想要的東西嗎？

M ：1. 我不讀書喔！

　　2. 那真是太好了啊！

　　3. 那麼，麻煩幫我買啤酒。

答案：3

2 ばん **MP3 77**

F：いっしょに映画（えいが）を見（み）に行（い）きませんか。

M：1. ええ、いいですよ。

　　2. ええ、見（み）ましたよ。

　　3. ええ、どうですか。

F ：要不要一起去看電影？

M ：1. 嗯，好啊！

　　2. 嗯，看了喔！

　　3. 嗯，如何呢？

答案：1

3 ばん **MP3 78**

F：何（なに）かお手伝（てつだ）いしましょうか。

M：1. 失礼（しつれい）しました。

　　2. そうでしたね。

　　3. お願（ねが）いします。

F ：我來幫點什麼忙吧？

M ：1. 失禮了。

　　2. 是啊！

　　3. 麻煩了。

答案：3

④ ばん MP3 **79**

M：タバコを吸(す)ってもいいですか。

F：1. ええ、どうぞ。

2. ええ、いけませんね。

3. ええ、しましょう。

M ：抽菸也沒關係嗎？

F ：1. 嗯，請。

2. 嗯，不可以呢！

3. 嗯，做吧！

答案：1

⑤ ばん MP3 **80**

M：もう遅刻(ちこく)しちゃう。いってきます。

F：1. いってまいります。

2. いってらっしゃい。

3. いってきましょう。

M ：快遲到了。出門了。

F ：1. 我要走了。

2. 小心慢走。

3. 去吧！

答案：2

6 ばん MP3 81

F：合格、おめでとうございます。

M：1. どういたしまして。

　　2. ありがとうございます。

　　3. もうじゅうぶんです。

F：恭喜你考上了。

M：1. 不客氣。

　　2. 謝謝。

　　3. 已經夠了。

答案：2

7 ばん MP3 82

F：あの、お時間ありますか。

M：1. 時計はあそこにありますよ。

　　2. ええ、どんな用ですか。

　　3. そうですね、三時です。

F：那個，有時間嗎？

M：1. 時鐘那邊有喔！

　　2. 嗯，有什麼事嗎？

　　3. 是啊，是三點。

答案：2

8 ばん MP3 83

M：どうぞお入（はい）りください。

F：1. ごめんなさい。
2. 失礼（しつれい）します。
3. ごちそうさまでした。

M ：請進。

F ：1. 對不起。
2. 打擾了。
3. 吃飽了。

答案：2

問題 4 實戰練習（2）

もんだい
問題4

> もんだい4には、えなどが　ありません。ぶんを　聞いて　くだ
> さい。それから、そのへんじを　聞いて、1から3の　中から　いち
> ばん　いい　ものを　一つ　えらんで　ください。

― メモ ―

1 ばん　MP3 **84**

2 ばん　MP3 **85**

3 ばん　MP3 **86**

4 ばん　MP3 **87**

5 ばん MP3 88

6 ばん MP3 89

7 ばん MP3 90

8 ばん MP3 91

^{もんだい}
問題4

> もんだい4には、えなどが　ありません。ぶんを　聞^きいて　くだ
> さい。それから、そのへんじを　聞^きいて、1から3の　中^{なか}から　いち
> ばん　いい　ものを　一^{ひと}つ　えらんで　ください。
>
> 　　問題4沒有圖等等。請聽句子。接下來聽它的回答，從1到3當中，選出
> 一個最適當的答案。

（M：男性、男孩　F：女性、女孩）

❶ばん MP3 84

F：主人^{しゅじん}がいつもお世話^{せわ}になっております。

M：1. いえ、こちらこそ。

　　2. いえ、そうですね。

　　3. いえ、それはいけません。

F 　：我先生常常受您照顧。

M 　：1. 沒有，我才是。

　　　2. 沒有，是啊！

　　　3. 沒有，那樣不行。

答案：1

②ばん MP3 85

M：いらっしゃいませ。何にいたしましょうか。

F：1. コーヒーとハンバーガーが好きです。

　　2. コーヒーとハンバーガーを食べます。

　　3. コーヒーとハンバーガーをください。

M：歡迎光臨。您要什麼呢？

F：1. 我喜歡咖啡和漢堡。

　　2. 我要吃咖啡和漢堡。

　　3. 請給我咖啡和漢堡。

答案：3

③ばん MP3 86

F：クーラーをつけましょうか。

M：1. ええ、寒いですね。

　　2. ええ、お願いします。

　　3. ええ、窓を開けましょう。

F：開冷氣吧？

M：1. 嗯，很冷耶！

　　2. 嗯，麻煩了。

　　3. 嗯，開窗吧！

答案：2

④ ばん MP3 87

F ：もうそろそろ寝なさい。

M：1. もうたくさんやったよ。

    2. おとといはもっと早く寝たよ。

    3. まだ宿題が終わってないんだよ。

F ：已經差不多該睡了！

M ：1. 已經做很多了啦！

    2. 前天更早就睡了啦！

    3. 功課還沒有做完啦！

答案：3

⑤ ばん MP3 88

F ：先日はごちそうさまでした。

M：1. いえ、こちらこそ楽しかったです。

    2. いえ、遠慮してください。

    3. いえ、それはたいへんでしたね。

F ：前些日子，謝謝您的招待。

M ：1. 不，我也很開心。

    2. 不，請迴避。

    3. 不，那真是太糟糕了呢！

答案：1

M：珍しいですね、遅刻するなんて。

F ：1. ゆうべよく寝てしまって……。

2. 車が故障してしまって……。

3. 今朝は早起きしてしまって……。

M ：難得耶，居然遲到了。

F ：1. 昨晚睡得太好了……。

2. 車子居然壞掉了……。

3. 今天早上不小心起得太早了……。

答案：2

F：どうぞ食べてください。

M：1. では、いただきます。

2. では、おだいじに。

3. では、おじゃまします。

F ：請享用。

M：1. 那麼，我就開動了。

2. 那麼，請多保重。

3. 那麼，打擾了。

答案：1

8 ばん MP3 91

M：傘を貸しましょうか。

F ：1. ええ、いただけません。

　　2. ええ、借りてください。

　　3. ええ、貸してください。

M ：傘借你吧？

F ：1. 嗯，我不能收。

　　2. 嗯，請（向別人）借。

　　3. 嗯，請借我。

答案：3

<ruby>問題<rt>もんだい</rt></ruby>4

> もんだい4には、えなどが　ありません。ぶんを　<ruby>聞<rt>き</rt></ruby>いて　ください。それから、そのへんじを　<ruby>聞<rt>き</rt></ruby>いて、1から3の　<ruby>中<rt>なか</rt></ruby>から　いちばん　いい　ものを　<ruby>一<rt>ひと</rt></ruby>つ　えらんで　ください。

— メモ —

1 ばん MP3 92

2 ばん MP3 93

3 ばん MP3 94

4 ばん MP3 95

5 ばん ^{MP3} 96

6 ばん ^{MP3} 97

7 ばん ^{MP3} 98

8 ばん ^{MP3} 99

もんだい
問題4

> もんだい4には、えなどが ありません。ぶんを 聞いて くだ
> さい。それから、そのへんじを 聞いて、1から3の 中から いち
> ばん いい ものを 一つ えらんで ください。
>
> 問題4沒有圖等等。請聽句子。接下來聽它的回答，從1到3當中，選出
> 一個最適當的答案。

（M：男性、男孩　F：女性、女孩）

1 ばん MP3 **92**

F：ここに車を止めてもいいですか。

M：1. もちろん、いいですよ。

　　2. もちろん、いけません。

　　3. もちろん、いやですね。

F ：把車停在這裡也沒關係嗎？

M ：1. 當然，可以喔！

　　2. 當然，不可以。

　　3. 當然，很討厭耶！

答案：1

2 ばん MP3 93

F：川田先生はいらっしゃいますか。

M：1. 出かけていて、いません。

　　2. 出かけていて、さっきです。

　　3. 出かけていて、あります。

F：請問川田老師在嗎？

M：1. 出去了，不在。

　　2. 出去了，就剛剛。

　　3. 出去了，有。

答案：1

3 ばん MP3 94

M：もう好きにしなさい。

F：1. ありがとうございます。

　　2. すみませんでした。

　　3. わたしも好きです。

M：隨妳愛怎麼樣就怎麼樣！

F：1. 謝謝您。

　　2. 對不起。

　　3. 我也喜歡。

答案：2

④ ばん ^{MP3} 95

M：銀行はいつまで開いていますか。

F：1. 学校のとなりです。

　　2. 来年までです。

　　3. 四時までです。

M：銀行開到什麼時候呢？

F：1. 學校的旁邊。

　　2. 明年為止。

　　3. 四點為止。

答案：3

⑤ ばん ^{MP3} 96

F：お父さん、ただいま。

M：1. おそいね。学校はいやだね。

　　2. おかえり。学校は楽しかった？

　　3. いってらっしゃい。学校はいいね。

F：爸爸，我到家了。

M：1. 好晚喔！學校真討厭啊！

　　2. 回來啦！在學校開心嗎？

　　3. 小心慢走。學校真好啊！

答案：2

6 ばん MP3 97

M ：これ、もらってもいいですか。

F ：1. 好きなら、どうぞ。

　　2. 好きなら、ください。

　　3. 好きなら、どうも。

M ：這個，可以給我嗎？

F ：1. 喜歡的話，請。

　　2. 喜歡的話，請給我。

　　3. 喜歡的話，謝謝。

答案：1

7 ばん MP3 98

F ：重そうですね。持ちましょうか。

M ：1. すみません、ありがとうございます。

　　2. すみません、もっと気をつけます。

　　3. すみません、どういたしまして。

F ：看起來好重哪！我來拿吧？

M ：1. 不好意思，謝謝您。

　　2. 不好意思，會更小心。

　　3. 不好意思，不客氣。

答案：1

8 ばん MP3 99

M：またいっしょにカラオケしましょうね。

F ：1. はい、ぜひ。

2. はい、そうです。

3. はい、もっと。

M ：下次再一起唱卡拉OK喔！

F ：1. 好，一定。

2. 好，沒錯。

3. 好，要更多。

答案：1

1 じゅう 整整……、全……

　　與表示時間或期間的詞語一起使用，表示「在此期間內一直……」的意思。但要注意的是，「一整個上午」的日文「午前中」要唸成「ごぜんちゅう」。

・一日中勉強した。

　唸了一整天的書。

・一年中工事していてうるさい。

　一整年都在施工，所以很吵。

・一晩中寝ないでマージャンをしていた。

　整整一個晚上不睡覺在打麻將。

2 と思う 想……、感覺……、認為……、覺得……

　　表示思考或感覺的內容是說話者的主觀判斷或個人意見。用於疑問時，表示詢問聽話者的個人判斷或意見。如果是第三者的判斷或意見的話，必須用「と思っている」（認為……）。

・先生は来ないと思います。

　我認為老師不會來。

・午後は雨が降ると思います。

　我想下午會下雨。

・彼女はひどいと思います。

　我覺得她很過分。

3 お……になる　您做……、請您做……

「……」的部分使用「動詞連用形」或「帶有行為動作意義的漢語詞彙」，是一種尊敬他人的表示方式。使用漢語詞彙時，多以「ご……になる」的形式出現，但能使用的詞彙有限。

・社長さんは何時ごろお帰りになりますか。

社長大約幾點回來呢？

・どうぞおかけになってください。

您請坐。

・この絵は鈴木先生がお描きになったそうです。

聽説這幅畫是鈴木老師畫的。

4 てもいい　可以……

在會話中用於許可或請求許可的場合。也有類似的説法如「てもかまわない」，意思大致相同，但口氣較委婉。

・ここで写真をとってもいいですか。

能在這裡拍照嗎？

・そのケーキ、食べてもいいよ。

那塊蛋糕，可以吃唷。

・テレビを見てもいいです。

可以看電視。

5 たい　想……、想要……

　　表示説話者希望實現某種行為的要求或強烈的願望。表示第三者的願望時不能使用「たい」，必須用「たがる」（希望……）或「らしい」（好像……）等表示推測的表達方式。

・将来は医者になりたいです。

　　將來想當醫生。

・彼女と結婚したい。

　　想與她結婚。

・コーヒーが飲みたい。

　　想喝咖啡。

6 ことができる　會……、能……、可以……

　　表示有無能力或可能性。可以與「泳げる」（會游泳）、「話せる」（能説）、「書ける」（能寫）等表示可能的「V-れる」型動詞替換，但在較正式的場合，使用「ことができる」會更好。

・弟はドイツ語を話すことができます。

　　弟弟會説德文。

・わたしはチャーハンを作ることができます。

　　我會做炒飯。

・姉はギターを弾くことができます。

　　姊姊會彈吉他。

7　もしかしたら　説不定……、或許……、可能……

　　伴隨著「かもしれない」（説不定……）、「じゃないだろうか」（難不成是……嗎？）等推測的表達方式，表示有可能發生那種事的推測，也顯示出説話者對自己的判斷不太有自信。也可以説「もしかすると」、「もしかして」。

・もしかしたら彼は知っているかもしれない。

　　説不定他知道。

・もしかしたら祖父はがんかもしれない。

　　祖父可能得了癌症。

・もしかしたら合格できないかもしれない。

　　説不定考不上。

8　んじゃない　不……嗎、沒……嗎

　　是「のではないか」的口語説法，一定要用上升語調。也可以使用「んじゃないの」，敬體形式是「んじゃありませんか」。

・カメラ？テーブルの上にあるんじゃない？

　　相機？不是在桌子上嗎？

・そのアイディア、すごくいいんじゃない？

　　那個點子，不是非常好嗎？

・中山くん？もう帰ったんじゃない？

　　中山同學？不是已經回去了嗎？

生活篇

1 家 **いえ** 2 名 家

住む **す** 1 動 住	冷ぼう / クーラー **れい** 0 / 1 名 冷氣
住所 **じゅうしょ** 1 名 地址	せんぷう機 **き** 3 名 電風扇
ドア 1 名 門	電気 **でんき** 1 名 電、電力、燈
窓 **まど** 1 名 窗	ベッド 1 名 床
電話 **でんわ** 0 名 電話	テレビ 1 名 電視
部屋 **へや** 2 名 房間	冷ぞう庫 **れい** **こ** 3 名 冰箱
入口 **いりぐち** 0 名 入口	洗たく機 **せん** **き** 4 3 名 洗衣機
出口 **でぐち** 1 名 出口	トイレ 1 名 廁所
机 / テーブル **つくえ** 0 / 0 名 桌子	廊下 **ろうか** 0 名 走廊
引き出し **ひ** **だ** 0 名 抽屜	鏡 **かがみ** 3 名 鏡子
椅子 **いす** 0 名 椅子	水道 **すいどう** 0 名 自來水（管）
ソファ 1 名 沙發	お湯 **ゆ** 0 名 熱水
台所 / キッチン **だいどころ** 0 / 1 名 廚房	たな 0 名 棚架
かべ 0 名 牆壁	ガス 1 名 瓦斯
カーテン 1 名 窗簾	建物 **たて** **もの** 2 3 名 建築物
たたみ 3 名 榻榻米	留守 **る** **す** 1 名 不在家
暖ぼう / ヒーター **だん** 0 / 1 名 暖氣	

2 方向（ほうこう） 0 名 方向

北（きた） 0 名 北方　　　　　横（よこ） 0 名 旁邊

南（みなみ） 0 名 南方　　　　右（みぎ） 0 名 右邊

東（ひがし） 0 名 東方　　　　左（ひだり） 0 名 左邊

西（にし） 0 名 西方　　　　近所（きんじょ） 1 名 鄰居、附近

内（うち） 0 名 內、中間　　都会（とかい） 0 名 都會

中（なか） 1 名 內、裡面　　東京（とうきょう） 0 名 東京

外（そと） 1 名 外、外面　　田舎（いなか） 0 名 鄉下、故鄉

上（うえ） 2 名 上、上面　　庭（にわ） 0 名 院子

下（した） 2 名 下、下面　　すみ 1 名 角落

3 交通 0 名 交通

乗り物 0 名 交通工具

電車 1 名 電車

バス 1 名 公車、巴士

自転車 20 名 腳踏車

車 / 自動車 0 / 2 名 汽車

タクシー 1 名 計程車

船 1 名 船

新幹線 3 名 新幹線

普通 0 名 普通車

急行 0 名 快車

特急 0 名 特快車

駅 1 名 車站

バイク / オートバイ 1 / 3 名
　　摩托車

エスカレーター 4 名 手扶梯

エレベーター 3 名 電梯

飛行機 2 名 飛機

運転手 / ドライバー 3 / 20 名
　　司機

運転する 0 動 開（車）、駕駛

地下鉄 0 名 地下鐵

通り 3 名 大街、馬路

地図 1 名 地圖

信号 0 名 紅綠燈

道 / 道路 0 / 1 名 道路

交差点 0 3 名 十字路口、交叉口

ガソリン 0 名 汽油

ガソリンスタンド 6 名 加油站

交通事故 5 名 車禍

乗る 0 動 搭乘

4 家事（かじ） 1 名 家事

洗（せん）たく 0 名 洗衣服

干（ほ）す 1 動 曬（衣服）

洗（あら）う 0 動 洗

そうじ 0 名 打掃

ふく 0 動 擦、拭

料理（りょうり） 1 名 料理

世話（せわ） 2 名 照顧

育（そだ）てる 3 動 養育

ごみ 2 名 垃圾

捨（す）てる 0 動 倒、丟

植（う）える 0 動 種植

作（つく）る 2 動 做

ペット 1 名 寵物

飼（か）う 1 動 飼養

犬（いぬ） 2 名 狗

猫（ねこ） 1 名 貓

5 買（か）い物（もの） 0 名 購物

お金（かね） 0 名 錢

スーパー / スーパーマーケット
　　　1 / 5 名 超市

コンビニ / コンビニエンスストア
　　　0 / 9 名 便利商店

デパート 2 名 百貨公司

割引（わりび）き 0 名 打折

クレジットカード 6 名 信用卡

商店（しょうてん） 1 名 商店

食品（しょくひん） 0 名 食品

銀行（ぎんこう） 0 名 銀行

郵便局（ゆうびんきょく） 3 名 郵局

財布（さいふ） 0 名 錢包

買（か）う 0 動 買

6 服 ふく 2 名 衣服

着る き 0 動 穿

ぬぐ 1 動 脱

はく 0 動 穿（鞋）

帽子 ぼうし 0 名 帽子

上着 うわぎ 0 名 上衣

セーター 1 名 毛衣

シャツ 1 名 襯衫

スーツ 1 名 西裝

ワンピース 3 名 連身裙

スカート 2 名 裙子

ズボン 2 名 褲子

下着 したぎ 0 名 內衣褲

水着 みずぎ 0 名 泳衣

ネクタイ 1 名 領帶

コート 1 名 外套

着物 きもの 0 名 和服

めがね 1 名 眼鏡

かける 2 動 戴（眼鏡）

7 布 ぬの 0 名 布

綿 めん 1 名 棉

絹 きぬ 1 名 絲

糸 いと 1 名 線

ぬう 1 動 縫

あむ 1 動 編織

針 はり 1 名 針

やわらかい 4 イ形 柔軟的

かたい 0 2 イ形 硬的

派手 はで（な） 2 名 ナ形 華麗（的）

地味 じみ（な） 2 名 ナ形 樸素（的）

ミシン 1 名 縫紉機

8 運動 / スポーツ 0 / 2 名 運動

ゴルフ **1** 名 高爾夫球

テニス **1** 名 網球

野球 **0** 名 棒球

サッカー **1** 名 足球

バスケットボール **6** 名 籃球

水泳 **0** 名 游泳

泳ぐ **2** 動 游泳

打つ **1** 動 打

スキー **2** 名 滑雪

スケート **0** 名 滑冰

ダンス **1** 名 舞蹈

おどる **0** 動 跳舞

マラソン **0** 名 馬拉松

相撲 **0** 名 相撲

走る **2** 動 跑

歩く **2** 動 走

勝つ **1** 動 贏

負ける **0** 動 輸

優勝 **0** 名 冠軍

一位 **2** 名 第一名

9 音楽 1 名 音樂

歌 **2** 名 歌

歌う **0** 動 唱歌

曲 **0** 名 歌曲

マイク **1** 名 麥克風

ギター **1** 名 吉他

ピアノ **0** 名 鋼琴

笛 **0** 名 笛子

コンサート **1** 名 演唱會、演奏會

弾く **0** 動 彈

カラオケ **0** 名 卡拉OK

⑩ 芸術 (げいじゅつ) 0 名 藝術

絵 (え) 1 名 畫

描く (か) 1 動 畫（畫）

書道 (しょどう) 1 名 書法

作品 (さくひん) 0 名 作品

彫刻 (ちょうこく) 0 名 雕刻

写真 (しゃしん) 0 名 照片

撮る (と) 1 動 攝影

有名（な）(ゆうめい) 0 名 ナ形 有名（的）

感動 (かんどう) 0 名 感動

美術館 (びじゅつかん) 3 名 美術館

博物館 (はくぶつかん) 4 名 博物館

見る (み) 1 動 看

まんが 0 名 漫畫

ふで 0 名 毛筆

絵の具 (え)(ぐ) 0 名 顔料

紙 (かみ) 2 名 紙

好き（な）(す) 2 名 ナ形 喜歡（的）

附錄

新日檢N4聽解 擬真試題＋解析

在學習完四大題的題目解析之後，馬上來進行擬真試題測驗加強學習成效，聽解實力再加強。

N4

ちょうかい
聴解

（35分）
ふん

注　意
ちゅう　い

Notes

1. 試験が始まるまで、この問題用紙を開けないでください。
   し けん はじ　　　　　　　もんだいようし　　ひら

   Do not open this question booklet until the test begins.

2. この問題用紙を持って帰ることはできません。
   もんだいようし　 も　　 かえ

   Do not take this question booklet with you after the test.

3. 受験番号と名前を下の欄に、受験票と同じように書いてください。
   じゅけんばんごう　 な まえ した らん　　じゅけんひょう おな　　　　 か

   Write your examinee registration number and name clearly in each box below as written on your test voucher.

4. この問題用紙は、全部で11ページあります。
   もんだいようし　　　 ぜん ぶ

   This question booklet has 11 pages.

5. この問題用紙にメモをとってもいいです。
   もんだいようし

   You may make notes in this question booklet.

受験番号　Examinee Registration Number	
じゅけんばんごう	

名前　Name	
な まえ	

にほんごのうりょくしけん かいとうようし

N4 ちょうかい

じゅけんばんごう
Examinee Registration
Number

なまえ
Name

〈 ちゅうい　Notes 〉

1. くろいえんぴつ (HB、No.2) で
   かいてください。
   Use a black medium soft
   (HB or NO.2) pencil.

   (ペンやボールペンではかかない
   でください。)
   (Do not use any kind of pen.)

2. かきなおすときは、けしゴムで
   きれいにけしてください。
   Erase any unintended marks
   completely.

3. きたなくしたり、おったりしないで
   ください。
   Do not soil or bend this sheet.

4. マークれい　Marking examples

よいれい Correct Example	わるいれい Incorrect Examples
●	⊘ ○ ◐ ○ ⊗ ◑ ①

もんだい 1

1	①	②	③	④
2	①	②	③	④
3	①	②	③	④
4	①	②	③	④
5	①	②	③	④
6	①	②	③	④
7	①	②	③	④
8	①	②	③	④

もんだい 2

1	①	②	③	④
2	①	②	③	④
3	①	②	③	④
4	①	②	③	④
5	①	②	③	④
6	①	②	③	④
7	①	②	③	④

もんだい 3

1	①	②	③
2	①	②	③
3	①	②	③
4	①	②	③
5	①	②	③

もんだい 4

1	①	②	③
2	①	②	③
3	①	②	③
4	①	②	③
5	①	②	③
6	①	②	③
7	①	②	③
8	①	②	③

もんだい1

もんだい1では、まず　しつもんを　聞いて　ください。それから　話を　聞いて、もんだいようしの　1から4の　中から、いちばん　いい　ものを　一つ　えらんで　ください。

1ばん MP3 102

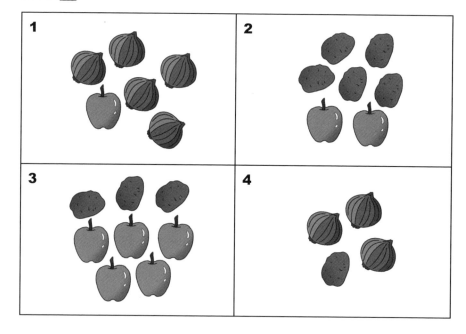

2 ばん MP3 103

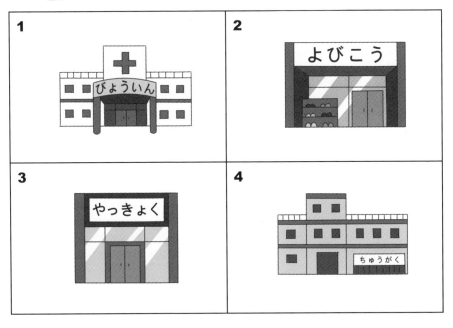

1	2
びょういん	よびこう
3	**4**
やっきょく	ちゅうがく

3 ばん MP3 104

1	2
TAXI	
3	**4**

④ ばん MP3 105

1 ネクタイ

2 かばん

3 とけい

4 シャツ

⑤ ばん MP3 106

⑥ ばん MP3 107

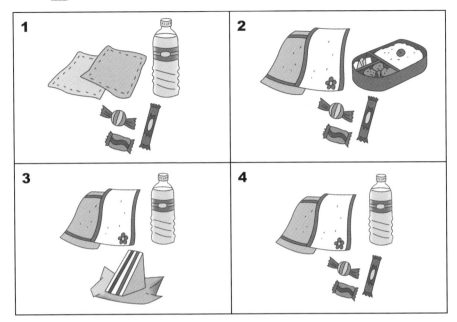

⑦ ばん MP3 108

1　英会話教室

2　映画館

3　北海道

4　レストラン

⑧ ばん MP3 109

1　3枚

2　4枚

3　5枚

4　6枚

▶▶ もんだい2

もんだい2では　まず　しつもんを　聞いて　ください。そのあと、もんだいようしを　見て　ください。読む　時間が　あります。それから　話を　聞いて　1から4の　中から、いちばん　いいものを　一つ　えらんで　ください。

 ばん MP3 110

1　英会話教室の先生

2　学校の先生

3　野球選手

4　サッカー選手

②ばん MP3 111

1　アメリカに出張するから

2　イタリアへ旅行に行くから

3　病院で検査するから

4　母親の具合が悪いから

③ばん MP3 112

1　一週間に2日くらい

2　一週間に3日くらい

3　一週間に4日くらい

4　一週間に5日くらい

④ばん MP3 113

1　学校に早く来るから

2　アルバイトをしているから

3　制服を着ていないから

4　スカートが短すぎるから

⑤ばん MP3 114

1 2月

2 4月

3 7月

4 9月

⑥ばん MP3 115

1 今日の夜

2 今日の深夜

3 あさっての午前

4 あさっての午後

⑦ばん MP3 116

1 お兄さん

2 お姉さん

3 弟

4 妹

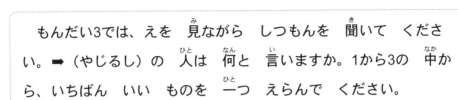

▶▶ もんだい3

もんだい3では、えを　見ながら　しつもんを　聞いて　ください。➡（やじるし）の　人は　何と　言いますか。1から3の　中から、いちばん　いい　ものを　一つ　えらんで　ください。

① ばん MP3 117

2 ばん MP3 **118**

3 ばん MP3 **119**

④ばん MP3 **120**

⑤ばん MP3 **121**

▶▶▶ もんだい4

もんだい4には、えなどが ありません。ぶんを 聞いて くだ
さい。それから、そのへんじを 聞いて、1から3の 中から いち
ばん いい ものを 一つ えらんで ください。

— メモ —

1 ばん MP3 122

2 ばん MP3 123

3 ばん MP3 124

4 ばん MP3 125

5 ばん MP3 126

6 ばん MP3 127

7 ばん MP3 128

8 ばん MP3 129

もんだい1

1ばん　2

2ばん　1

3ばん　2

4ばん　4

5ばん　3

6ばん　4

7ばん　2

8ばん　2

もんだい2

1ばん　4

2ばん　3

3ばん　3

4ばん　4

5ばん　2

6ばん　4

7ばん　3

もんだい3

1ばん　1

2ばん　2

3ばん　2

4ばん　3

5ばん　1

もんだい4

1ばん　3

2ばん　1

3ばん　2

4ばん　2

5ばん　2

6ばん　1

7ばん　3

8ばん　1

もんだい1

> もんだい1では、まず　しつもんを　聞いて　ください。それから　話を　聞いて、もんだいようしの　1から4の　中から、いちばん　いい　ものを　一つ　えらんで　ください。
>
> 問題1請先聽問題。接下來聽會話，從試題紙的1到4當中，選出一個最適當的答案。

（M：「男性」、「男孩」；F：「女性」、「女孩」）

1ばん

男の人が女の人に電話をしています。男の人は、何を買いますか。

M：もしもし。今、スーパーにいるんだけど、何か必要なものがある？

F：ちょうどよかった。

今、カレーを作っているんだけど、じゃがいもがなかったの。

M：じゃがいもね。いくつ？

F：5個。

M：玉ねぎはいる？

F：玉ねぎはあるからいい。

あっ、そうそう、りんごを2個お願い。

M：分かった。

F：ありがとう。

男の人は、何を買いますか。

第1題

男人跟女人在講電話。男人,要買什麼呢?

M ：喂喂。我現在在超級市場,有什麼要的東西嗎?

F ：剛剛好。

　　現在,正在做咖哩,可是沒有馬鈴薯。

M ：馬鈴薯是吧?幾個?

F ：五個。

M ：洋蔥要嗎?

F ：洋蔥有了,所以不用。

　　啊,對了,麻煩蘋果二顆。

M ：知道了。

F ：謝謝。

男人,要買什麼呢?

答案:2

② ばん MP3 103

男の子と女の子が話しています。男の子はこの後どこへ行きますか。

F ：田中くん、いっしょに塾に行かない？

M ：ごめん。今日は休む。

F ：どこか悪いの？風邪？

M ：ぼくじゃないんだ。

　　お母さんが昨日、熱がたくさんあって入院したの。

F ：それは心配ね。

M ：うん。

F ：塾のことは心配しないで。

　　明日、わたしのノートを貸してあげる。

M ：ありがとう。

F ：気をつけてね。

M ：うん。

男の子はこの後どこへ行きますか。

第2題

男孩和女孩正在說話。男孩之後要去哪裡呢？

F ：田中同學，要不要一起去補習？

M ：抱歉。今天要請假。

F ：哪裡不舒服嗎？感冒？

M ：不是我。

　　我媽媽昨天燒得很嚴重，住院了。

F ：那真的很擔心呢。

M ：嗯。

F ：補習的事情別擔心。

　　明天，我的筆記本借給你。

M ：謝謝。

F ：小心喔。

M ：嗯。

男孩之後要去哪裡呢？

答案：1

③ ばん MP3 104

男の人と女の人が話しています。女の人は何で温泉に行きますか。

F：週末、山田くんたちといつもの温泉に行くんだけど、いっしょにどう？

M：ごめん。今週は予定があるんだ。

F：残念。

M：でも、今度の週末は連休だから、道路は混むと思うよ。

F：そうなの。だから車で行かないことにした。

M：電車だと駅から遠いから、タクシーに乗らなきゃならないよね。

F：そんなお金、ないわよ。
　　「東京駅からバスが出ている」って、旅行雑誌に書いてあったの。

M：それは便利でいいね。

女の人は何で温泉に行きますか。

第3題
男人和女人正在説話。女人要搭什麼去溫泉呢？

F ：週末，要和山田小姐一起去常去的溫泉，一起如何？

M ：抱歉。這週有約。

F ：好可惜。

M ：但是，這個週末是連休，我覺得路上會塞車喔！

F ：就是啊！所以決定不要開車去了。

M ：搭電車的話離車站很遠，所以非搭計程車不可吧！

F ：那種錢，當然沒有啊！
　　「從東京車站有發巴士可抵」，旅行雜誌上寫著的。

M ：那很方便耶。

女人要搭什麼去溫泉呢？

答案：2

女の人と男の人が話しています。女の人は、何を買いますか。

F：あさっては父の日だね。

M：そうだね。ぼくは妹といっしょにかばんを買ったんだ。

　　もう10年くらい使っていて、もうボロボロだから。

F：そう。

M：高田さんは何をプレゼントするの？

F：困っているの。

　　母のほしいものは分かるんだけど、父のものはぜんぜん分からない

　　の。

M：ネクタイとか時計とかは？

F：たくさん持っているのよ。シャツはどうかな。

M：いいね。夏だと汗をかくから、綿のがいいよ。

　　いっしょに選んであげようか。

F：えっ、いいの？ありがとう。

女の人は、何を買いますか。

1　ネクタイ

2　かばん

3　とけい

4　シャツ

第4題

女人和男人正在説話。女人，要買什麼呢？

F ：後天是父親節吧！

M ：是啊！我和妹妹一起買了包包。

因為已經用了十年，破破爛爛了。

F ：那樣啊！

M ：高田小姐要買什麼當禮物呢？

F ：正傷腦筋呢！

母親喜歡的東西我還知道，但是父親的就完全不知道了。

M ：領帶或是手錶之類的呢？

F ：已經有很多了啊！襯衫如何呢？

M ：不錯耶。夏天會流汗，所以棉的好喔！

幫妳一起挑吧！

F ：咦，可以嗎？謝謝！

女人，要買什麼呢？

1 領帶

2 包包

3 手錶

4 襯衫

答案：4

会議室で男の人と女の人が話しています。女の人はこの後、まず何をしますか。

M：鈴木さん、今、いい？

F：はい。コピーですか？

M：いや、課長に弁当の注文を頼まれたんだけど、お願いしてもいいかな。

　　これから、会議の資料を準備しなきゃならなくて。

F：分かりました。お弁当はいくつ必要ですか。

M：ごめん、詳しく聞いていないんだ。

　　先に課長に数を確認してくれる？

F：はい。

女の人はこの後、まず何をしますか。

第5題

會議室裡男人和女人正在說話。女人之後，要先做什麼呢？

M ：鈴木小姐，現在，方便嗎？

F ：是的。要影印嗎？

M ：不是，課長要我訂便當，可以拜託妳嗎？

　　因為我接下來非準備開會的資料不可。

F ：知道了。便當需要幾個呢？

M ：抱歉，沒有詳細聽清楚。

　　可以先幫我向課長確認數量嗎？

F ：好的。

女人之後，要先做什麼呢？

答案：3

男の子とお母さんが話しています。男の子は、何を持っていきますか。

F：明日は遠足でしょう。

M：うん。

F：何を持っていくの？

M：お菓子。

F：それだけ？

　　ハンカチとかタオルとか水とか、先生は何も言わなかったの？

M：そうだ！暑いからタオルを2枚と水を持ってきなさいって。

F：そう。お弁当はいる？

M：ううん、いらない。

　　学校でサンドイッチを用意してくれるんだって。

F：そう。じゃあ、これからお母さんといっしょに用意しようね。

M：はーい。

男の子は、何を持っていきますか。

第6題

男孩和母親正在說話。男孩，要帶什麼去呢？

F ：明天要遠足是吧！

M ：嗯。

F ：要帶什麼去呢？

M ：零食。

F ：就那樣？

　　手帕啦、毛巾啦、水啦，老師什麼都沒説嗎？

M ：對了！有説因為很熱，所以要帶二條毛巾和水。

F ：那樣啊。便當要嗎？

M ：沒有，不用。

　　有説學校會幫我們準備三明治。

F ：那樣啊。那麼，接下來跟媽媽一起準備吧！

M ：好的。

男孩，要帶什麼去呢？

答案：4

7ばん MP3 108

男の人と女の人が話しています。女の人はこのあとどこへ行きますか。

M：仕事の後、いっしょに食事しない？

駅の近くにおいしいイタリア料理の店ができたんだ。

F：ごめん。今日はだめなの。

M：英会話の勉強の日は明日だよね。

F：そう。今日は、これから映画を見に行くの。

M：誰とだよ。男？女？

F：男の人。

M：ひどいよ！俺以外の男と映画を見るなんて。

F：お父さんと行くのよ。北海道で撮った映画なんだって。

うちの父親は海道で生まれたから、見たいんだって。

M：なんだ。

それなら、もっと早く言ってよ。

女の人はこのあとどこへ行きますか。

1　英会話教室

2　映画館

3　北海道

4　レストラン

第7題

男人和女人正在説話。女人之後要去哪裡呢？

M ：下班後，要不要一起去吃飯？

　　車站附近開了一家好吃的義大利餐廳。

F ：抱歉。今天不行。

M ：英語會話課是明天吧！

F ：是的。今天，接下來要去看電影。

M ：和誰啊！男生？女生？

F ：男生。

M ：好過分！居然和我以外的男生看電影。

F ：是和我父親去啦！聽説是在北海道拍攝的電影。

　　因為我父親在北海道出生，所以他説想看。

M ：什麼嘛！

　　那樣的話，要更早點講啊！

女人之後要去哪裡呢？

1　英語會話班

2　電影院

3　北海道

4　餐廳

答案：2

女の人と男の人が話しています。女の人は、切符を何枚買いますか。

M：中山さん、お願いがあるんだけど。

F：はい。

M：明日の新幹線の切符を買いたいんだけど、時間がなくて。

F：それなら、インターネットで買えますよ。

M：ほんとう？でも、やったことがないから、分からないな。

F：じゃあ、わたしがやりますよ。

M：ありがとう。

F：社長と部長と岡田さんの3枚でいいですか。

M：あと社長の秘書の山田さんもいっしょだって。

F：分かりました。

女の人は、切符を何枚買いますか。

1　3枚

2　4枚

3　5枚

4　6枚

第8題

女人和男人正在說話。女人，要買幾張車票呢？

M ：中山小姐，有事情想拜託妳……。
F ：好的。
M ：我想買明天的新幹線車票，但是沒有時間。
F ：那樣的話，可以在網路上買喔！
M ：真的嗎？但是，我沒有買過，所以不會吧！
F ：那麼，我來買吧！
M ：謝謝。
F ：社長和部長和岡田先生共三張對嗎？
M ：聽說還有社長的祕書山田小姐也一起。
F ：知道了。

女人，要買幾張車票呢？

1 三張
2 四張
3 五張
4 六張

答案：2

もんだい2

　　もんだい2では　まず　しつもんを　聞_きいて　ください。そのあ
と、もんだいようしを　見_みて　ください。読_よむ　時_じ間_{かん}が　ありま
す。それから　話_{はなし}を　聞_きいて　1から4の　中_{なか}から、いちばん　いい
ものを　一_{ひと}つ　えらんで　ください。

　　問題2請先聽問題。之後，看試題紙。有閱讀的時間。接下來聽會話，從
1到4當中，選出一個最適當的答案。

① ばん MP3 **110**

男の子と女の子が話しています。男の子の将来の夢は何ですか。男の子です。

F：鈴木くんは将来、何になりたいですか。

M：ぼくはサッカー選手になりたいです。

F：そうですか。

M：大野さんは？

F：わたしは学校の先生になりたいです。

M：大野さんのお父さんとお母さんも学校の先生ですよね。

F：はい。だから、小さい頃からの夢です。

M：何を教えますか。

F：英語を教えたいです。

M：いいですね。
ぼくは英語が苦手ですから、まずはぼくに教えてください。

F：じゃあ、わたしにサッカーを教えてください。

M：はい！

男の子の将来の夢は何ですか。

1　英会話教室の先生

2　学校の先生

3　野球選手

4　サッカー選手

第1題

男孩和女孩正在説話。男孩未來的夢想是什麼呢？是男孩。

F：鈴木同學未來，想成為什麼呢？

M：我想成為足球選手。

F：那樣啊！

M：大野同學呢？

F：我想成為學校的老師。

M：大野同學的父親和母親，都是學校的老師是吧！

F：是的。所以，這是我從小的夢想。

M：要教什麼呢？

F：想教英語。

M：很好耶。

　　我不擅長英語，所以請先教我。

F：那麼，請教我足球。

M：好的！

男孩未來的夢想是什麼呢？

1 英語會話補習班的老師

2 學校的老師

3 棒球選手

4 足球選手

答案：4

②ばん MP3 **111**

男の人と女の人が話しています。男の人は、どうして会社を休みますか。

M：明日、会社を休むから、会議の準備を頼んでもいい？

F：もちろんです。
もしかして、入院しているお母さんの具合が悪いんですか。

M：母親じゃなくて、俺。
最近、胃の調子が悪くて。心配だから、検査するんだ。

F：きっとだいじょうぶですよ。

M：そうだな。早く元気にならなきゃ。
これからアメリカ企業と大きな仕事もあるし。

F：そうですよ。
それに、来月、イタリア旅行ですよね。

M：そうだったね。
君と話していたら、元気になってきた。

F：それはよかったです。

男の人は、どうして会社を休みますか。

1　アメリカに出張するから

2　イタリアへ旅行に行くから

3　病院で検査するから

4　母親の具合が悪いから

第2題

男人和女人正在説話。男人，為什麼跟公司請假呢？

M ：我明天，跟公司請假，可以拜託妳做開會的準備嗎？

F ：當然。

難不成，是住院中的母親狀況不好嗎？

M ：不是母親，是我。

最近，胃的狀況不好。因為擔心，所以要檢查。

F ：一定沒事的啦！

M ：妳説的對。不早點恢復健康不行。

而且接下來和美國的企業有大案子。

F ：對啊！

而且，下個月，有義大利旅行吧！

M ：對啊！

和妳講講話，精神都恢復了。

F ：那太好了。

男人，為什麼跟公司請假呢？

1　因為要去美國出差

2　因為要去義大利旅行

3　因為醫院有檢查

4　因為母親的狀況不好

答案：3

3 ばん MP3 **112**

男の人と女の人が話しています。男の人は、どのくらいジョギングして
いますか。男の人です。

F：最近、ちょっと痩せたんじゃない？

M：あっ、分かる？

　　ジョギングを始めたんだ。

F：いつから？

M：一か月半くらい前から。

F：毎日？

M：それは難しいかな。

　　仕事が忙しいときは、そんな時間はぜんぜんないからね。

F：一週間に2日くらい？

M：いや、一週間に4日くらいかな。

F：そのくらいなら、わたしもできるかも。

M：じゃあ、いっしょに走ろうよ。

F：うん。

男の人は、どのくらいジョギングしていますか。

1　一週間に2日くらい

2　一週間に3日くらい

3　一週間に4日くらい

4　一週間に5日くらい

第3題

男人和女人正在說話。男人，慢跑大約到什麼程度呢？是男人。

F ：最近，是不是稍微變瘦啦？

M ：啊，看得出來嗎？

　　我開始慢跑了。

F ：什麼時候開始的？

M ：大約從一個半前開始。

F ：每天？

M ：那很困難啊！

　　因為工作忙時，完全沒有那樣的時間啊！

F ：一個星期二天左右？

M ：不，一個星期四天左右吧！

F ：如果那種程度，說不定我也可以。

M ：那麼，一起來跑啊！

F ：嗯。

男人，慢跑大約到什麼程度呢？

1　一個星期二天左右

2　一個星期三天左右

3　一個星期四天左右

4　一個星期五天左右

答案：3

学校で、男の先生と女の学生が話しています。男の先生は、どうして女の学生を注意しましたか。

M：木下さん。

F：はい。

M：最近、学校に来るのが早いですね。

F：はい。最近、早く起きますから、学校にく来ることができます。

M：とてもいいですね。

でも、スカートが短すぎます。学校の規則は守らなければだめですよ。

F：すみません。

最近、背が伸びたので、新しい制服を買いたいです。

でも、今はお金がないので、買えません。

学校はアルバイト禁止ですから。

M：そうですか。じゃあ、しょうがないですね。

男の先生は、どうして女の学生を注意しましたか。

1 学校に早く来るから

2 アルバイトをしているから

3 制服を着ていないから

4 スカートが短すぎるから

第4題

學校裡，男老師和女學生正在說話。男老師，為什麼提醒女學生注意呢？

M ：木下同學。

F ：在。

M ：最近，都比較早來學校吧！

F ：是的。最近因為早起，所以可以比較早到學校。

M ：非常好喔。

　　不過，裙子太短了。學校的規定不遵守不行喔！

F ：對不起。

　　最近長高了，想買新的制服。

　　但是，現在沒錢，所以沒辦法買。

　　因為學校禁止打工。

M ：那樣啊！那麼，也無可奈何呢。

男老師，為什麼提醒女學生注意呢？

1　因為早來學校

2　因為在打工

3　因為沒穿制服

4　因為裙子太短

答案：4

⑤ ばん MP3 114

男の人と女の人が話しています。女の人は、いつアメリカに行きますか。

M：4月から2週間もアメリカに行くんだって？

F：えっ、どうして知ってるの？

M：横山さんから聞いた。うらやましい。

F：でも、部長といっしょだから、毎日仕事で忙しいと思う。

M：そっか。

F：ところで、佐藤くんも7月にスペインに行くんでしょう。

M：俺は家族旅行だよ。たまには親孝行しなきゃね。

F：そうね。

女の人は、いつアメリカに行きますか。

1 2月

2 4月

3 7月

4 9月

第5題

男人和女人正在説話。女人，什麼時候要去美國呢？

M ：聽説四月起妳會去美國二個星期久？

F ：咦，你怎麼知道的？

M ：從橫山小姐那邊聽來的。好羨慕。

F ：但是，因為和部長一起，所以我覺得每天工作都會很忙。

M ：那樣啊。

F ：話説佐藤先生七月也要去西班牙是嗎？

M ：我是家庭旅行啦！偶爾也非盡盡孝道不可啊！

F ：是啊！

女人，什麼時候要去美國呢？

1 二月

2 四月

3 七月

4 九月

答案：2

ラジオで天気予報を聞いています。台風は日本にいつごろ来ますか。

F：さて、次は、台風情報です。まもなく、とても大きな台風が来ま
　　す。今日の夜、フィリピンに近づき、あさっての午後、日本に来る
　　でしょう。今日の深夜はとても強い風が吹きます。強いも降りま
　　す。危ないですから、外に出ないようにしてください。

台風は日本にいつごろ来ますか。
1　今日の夜
2　今日の深夜
3　あさっての午前
4　あさっての午後

第6題

正聽著廣播的天氣預報。颱風大約什麼時候到日本呢？

F　：那麼，接下來，是颱風的消息。再過不久，強烈颱風就要到來。預估今天晚
　　上，會接近菲律賓，後天下午，會抵達日本。今天半夜，會吹起颶風。也會
　　降下豪雨。由於很危險，所以請不要外出。

颱風大約什麼時候到日本呢？
1　今天晚上
2　今天半夜
3　後天早上
4　後天下午

答案：4

7 ばん MP3 116

<ruby>男<rt>おとこ</rt></ruby>の<ruby>人<rt>ひと</rt></ruby>と<ruby>女<rt>おんな</rt></ruby>の<ruby>人<rt>ひと</rt></ruby>が<ruby>話<rt>はな</rt></ruby>しています。<ruby>男<rt>おとこ</rt></ruby>の<ruby>人<rt>ひと</rt></ruby>は、<ruby>誰<rt>だれ</rt></ruby>と<ruby>行<rt>い</rt></ruby>きますか。

F：<ruby>今日<rt>きょう</rt></ruby>、ひま？

M：ごめん、<ruby>用事<rt>ようじ</rt></ruby>がある。

　　<ruby>電気屋<rt>でんきや</rt></ruby>に<ruby>行<rt>い</rt></ruby>くんだ。

F：じゃあ、わたしもいっしょに<ruby>行<rt>い</rt></ruby>く。

M：いや、<ruby>弟<rt>おとうと</rt></ruby>といっしょだから。

　　うちの<ruby>弟<rt>おとうと</rt></ruby>、<ruby>大学<rt>だいがく</rt></ruby>に<ruby>合格<rt>ごうかく</rt></ruby>したからさ、スマホを<ruby>買<rt>か</rt></ruby>ってあげるんだ。

F：そうなんだ。いいお<ruby>兄<rt>にい</rt></ruby>さんね。

　　うちの<ruby>妹<rt>いもうと</rt></ruby>も<ruby>高校<rt>こうこう</rt></ruby>に<ruby>合格<rt>ごうかく</rt></ruby>したら、プレゼント<ruby>買<rt>か</rt></ruby>ってあげなきゃね。

M：そうだよ。お<ruby>姉<rt>ねえ</rt></ruby>さんなんだから。

<ruby>男<rt>おとこ</rt></ruby>の<ruby>人<rt>ひと</rt></ruby>は、<ruby>誰<rt>だれ</rt></ruby>と<ruby>行<rt>い</rt></ruby>きますか。

1　お<ruby>兄<rt>にい</rt></ruby>さん

2　お<ruby>姉<rt>ねえ</rt></ruby>さん

3　<ruby>弟<rt>おとうと</rt></ruby>

4　<ruby>妹<rt>いもうと</rt></ruby>

第7題

男人和女人正在說話。男人，要和誰去呢？

F ：今天，有空？

M ：抱歉，有事情。

要去電器行。

F ：那麼，我也一起去。

M ：不，因為要和弟弟一起去。

我弟弟考上大學，所以我想買智慧型手機給他。

F ：那樣啊。好哥哥耶。

我妹妹也考上高中，不買個禮物給她不行呢！

M ：對啊！因為是姊姊啊！

男人，要和誰去呢？

1 哥哥

2 姊姊

3 弟弟

4 妹妹

答案：3

もんだい3

　　もんだい3では、えを　見<ruby>見<rt>み</rt></ruby>ながら　しつもんを　聞<ruby>聞<rt>き</rt></ruby>いて　ください。➡（やじるし）の　人<ruby>人<rt>ひと</rt></ruby>は　何<ruby>何<rt>なん</rt></ruby>と　言<ruby>言<rt>い</rt></ruby>いますか。1から3の　中<ruby>中<rt>なか</rt></ruby>から、いちばん　いい　ものを　一<ruby>一<rt>ひと</rt></ruby>つ　えらんで　ください。

　　問題3請一邊看圖一邊聽問題。➡（箭號）比著的人要説什麼呢？請從1到3當中，選出一個最適當的答案。

1ばん MP3 117

道<ruby>道<rt>みち</rt></ruby>を聞<ruby>聞<rt>き</rt></ruby>きました。でも、早<ruby>早<rt>はや</rt></ruby>くて分<ruby>分<rt>わ</rt></ruby>かりません。何<ruby>何<rt>なん</rt></ruby>と言<ruby>言<rt>い</rt></ruby>いますか。

F ：1. すみません、もっとゆっくり話<ruby>話<rt>はな</rt></ruby>してください。

　　2. すみません、きっとゆっくり話<ruby>話<rt>はな</rt></ruby>してください。

　　3. すみません、やっとゆっくり話<ruby>話<rt>はな</rt></ruby>してください。

第1題

問路了。可是講太快聽不懂。要説什麼呢？

F ：1. 對不起，請再説慢一點。

　　2. 無此説法。「きっと」意思為「一定」。

　　3. 無此説法。「やっと」意思為「終於；好不容易」。

答案：1

②ばん MP3 **118**

英語の意味が分かりません。何と言いますか。

M：1. 意味を教えてあげませんか。

2. 意味を教えてくれませんか。

3. 意味を教えてもらいますか。

第2題

不知道英文的意思。要説什麼呢？

M　：1. 無此用法。

2. 能不能教我是什麼意思呢？

3. 無此用法。正確應為「意味を教えてもらえますか。」（能不能教我什麼意思呢？）

答案：2

---

③ばん MP3 **119**

いっしょにご飯を食べたいです。何と言いますか。

M：1. これから、いっしょに食べたがりますか。

2. これから、いっしょに食事しませんか。

3. これから、いっしょにご飯を食べたいですか。

第3題

想要一起吃飯。要説什麼呢？

M　：1. 無此用法。「たがる」（想）的主詞必須為第三人稱，且不能以此説法邀約對方。

2. 等一下，要不要一起用餐呢？

3. 等一下，想一起吃飯嗎？（不能以此説法邀約對方，故錯誤。）

答案：2

4 ばん MP3 **120**

ケーキをたくさん買いました。男の人にあげます。何と言いますか。

F ：1. ケーキがあります。もらいます。

　　2. これはケーキです。いただきます。

　　3. たくさんあります。どうぞ。

第4題

買了很多蛋糕。要給男人。要説什麼呢？

F ：1. 有蛋糕。來拿。

　　2. 這是蛋糕。開動！

　　3. 有很多。請享用。

答案：3

5 ばん MP3 **121**

荷物が重そうです。何と言いますか。

M：1. お持ちしましょうか。

　　2. 持っていただけませんか。

　　3. 持ってほしいですか。

第5題

行李看起來很重。要説什麼呢？

M ：1. 我來幫您拿吧！

　　2. 能不能幫我拿呢？

　　3. 希望我幫你拿嗎？

答案：1

もんだい4

　　もんだい4には、えなどが　ありません。ぶんを　聞いて　くだ
さい。それから、そのへんじを　聞いて、1から3の　中から　いち
ばん　いい　ものを　一つ　えらんで　ください。

　　問題4沒有圖等等。請聽句子。接下來聽它的回答，從1到3當中，選出
一個最適當的答案。

1ばん MP3 122

F：わたしがコピーしましょうか。

M：1. いいえ、だめでした。

　　2. いいえ、よかったです。

　　3. いいえ、だいじょうぶです。

第1題

F ：我來影印吧？

M ：1. 不用，不行。

　　2. 不用，太好了。

　　3. 不用，沒關係。

答案：3

②ばん MP3 **123**

M：コンビニに行きます。何かほしいものがありますか。

F：1. それじゃ、おにぎりとお茶をお願いします。

　　2. けっこうです。おにぎりとお茶を買いましょう。

　　3. そうですか。コンビニのおにぎりはおいしいです。

第2題

M　：我去便利商店。有什麼想要的東西嗎？

F　：1. 那麼，麻煩你飯糰和茶。

　　2. 不用。買飯糰和茶吧！

　　3. 這樣啊！便利商店的飯糰很好吃。

答案：1

---

③ばん MP3 **124**

M：陳さんは日本語がとても上手ですね。

F：1. そう、少しだけ話せません。

　　2. いいえ、まだまだです。

　　3. そうですね。もっと勉強しましょう。

第3題

M　：陳小姐日文非常好耶！

F　：1. 沒錯，只能說一些些。

　　2. 沒有，還差得遠。

　　3. 是啊。再更努力吧！

答案：2

4 ばん MP3 125

F：お手伝いしましょうか。

M：1. それはいいですよ。

　　2. お願いします。

　　3. どういたしまして。

第4題

F　：我來幫忙吧？

M　：1. 那很好啊！

　　2. 麻煩您了。

　　3. 不客氣。

答案：2

---

5 ばん MP3 126

M：どうして昨日、来なかったんですか。

F　：1. 用事がありますよ。

　　2. 熱がありました。

　　3. ゆっくり休みます。

第5題

M　：昨天為什麼沒來呢？

F　：1. 因為有事喔！

　　2. 發燒了。

　　3. 好好休息。

答案：2

6 ばん MP3 **127**

F：フランスに行ったら、いちばん何がしたいですか。

M：1. 美術館でいろいろな絵を見たいです。

　　2. 博物館でフランス料理をたくさん食べますよ。

　　3. 図書館でフランス人とデートしましょうね。

第6題

F ：到法國的話，最想做什麼呢？

M ：1. 想在美術館看各式各樣的畫。

　　2. 想在博物館吃很多法國料理喔。

　　3. 在圖書館和法國人約會吧！

答案：1

7 ばん MP3 **128**

F：ねえ、そこにある箱を取ってくれない？

M：1. さっき、もらいました。

　　2. いつもありがとう。

　　3. えっ、どれ？これ？

第7題

F ：嗯，可以幫我拿在那邊的箱子嗎？

M ：1. 剛剛，拿到了。

　　2. 謝謝妳經常照顧。

　　3. 咦，哪一個？這個？

答案：3

M：部長になったんだって？おめでとう。

F：1. おかげさまで。

　　2. どういたしまして。

　　3. いただきます。

第8題

M：聽說妳升部長了？恭喜！

F：1. 託你的福。

　　2. 不客氣。

　　3. 開動！

答案：1

國家圖書館出版品預行編目資料

新日檢N4聽解30天速成！新版 /
こんどうともこ著、王愿琦中文翻譯
-- 修訂二版 -- 臺北市：瑞蘭國際，2024.02
288面；17 x 23公分 --（檢定攻略系列；89）
ISBN：978-626-7274-88-0（平裝）
1. CST：日語 2.CST：能力測驗

803.189   113001326

檢定攻略系列 **89**

新日檢N4聽解30天速成！ 新版

作者｜こんどうともこ
中文翻譯｜王愿琦
總策劃｜元氣日語編輯小組
責任編輯｜葉仲芸、王愿琦
校對｜こんどうともこ、葉仲芸、王愿琦

日語錄音｜こんどうともこ、福岡載豐、鈴木健郎
錄音室｜采漾錄音製作有限公司
封面設計｜劉麗雪、陳如琪・版型設計｜余佳憓
內文排版｜余佳憓、帛格有限公司、陳如琪
美術插畫｜KKDRAW

瑞蘭國際出版

董事長｜張暖彗・社長兼總編輯｜王愿琦
編輯部
副總編輯｜葉仲芸・主編｜潘治婷
設計部主任｜陳如琪
業務部
經理｜楊米琪・主任｜林湲洵・組長｜張毓庭

出版社｜瑞蘭國際有限公司・地址｜台北市大安區安和路一段104號7樓之一
電話｜(02)2700-4625・傳真｜(02)2700-4622・訂購專線｜(02)2700-4625
劃撥帳號｜19914152 瑞蘭國際有限公司
瑞蘭國際網路書城｜www.genki-japan.com.tw

法律顧問｜海灣國際法律事務所　呂錦峯律師

總經銷｜聯合發行股份有限公司・電話｜(02)2917-8022、2917-8042
傳真｜(02)2915-6275、2915-7212・印刷｜科億印刷股份有限公司
出版日期｜2024年02月二版1刷・定價｜420元・ISBN｜978-626-7274-88-0

◎ 版權所有・翻印必究
◎ 本書如有缺頁、破損、裝訂錯誤，請寄回本公司更換

PRINTED WITH
SOY INK　本書採用環保大豆油墨印製